DA - 2 - JULI - 1996

Liebes Geburtstagskind,
liebe Fietsch «KOSENAME»,

wir wünschen Dir
einen schönen
Geburtstag mit viel Freude,
Gesundheit, Lebensmut
begleitet mit einem
Gott befohlen.

Günter mit Frau Gündel

Gisela Hillebrecht

Zwischen den Zeiten

Verlag Günter Preuß Darmstadt

Gisela Hillebrecht

Zwischen den Zeiten

Lyrik

Darmstädter Forum 3

Impressum

Autorin
Gisela Hillebrecht

Zeichnungen
Dorothea Otte

Konzeption
Gisela Hillebrecht, Günter Preuß, Gerhard Wittwer

Redaktion und Layout
Gerhard Wittwer

Satz und Druck
Druckerei Günter Preuß
Röntgenstraße 76-78, 64291 Darmstadt

Schrift
Times Roman, Times Semibold

Reproduktionen
Druckerei Günter Preuß

Papier
135g/m^2 mattgestrichen Bilderdruck

Bucheinband
Buchbinderei Karl Schaumann
Im Niederfeld 8, 64293 Darmstadt

Herausgeber

Röntgenstraße 76-78, 64291 Darmstadt
Telefon: 06151/351001, Telefax: 06151/351005
Printed in Germany
ISBN 3-928746-13-8

Inhalt

Inhalt

Inhalt

Kalenderblätter

Kraut und Rüben

Inhalt

Vorwort

Lieber Leser,
aus Gedichten der letzten zwei Jahre ist ein neuer Lyrikband entstanden, der die schillernden und verschiedenartigen Facetten des Lebens in all seinen Formen einzufangen und zu spiegeln versucht.

Die alles bestimmende Zeit ist Thema des ersten Abschnitts. Und auf wie vielfältige Weise läßt sich der Begriff „Zeit“ in Gegenwart und Vergangenheit, in Naturgeschehen und Lebensablauf interpretieren! Eine kleine Auswahl meiner Gedanken dazu möchte ich Ihnen in diesem Kapitel nahebringen. Die „Kleine Alltagsphilosophie“ hingegen, die sich als zweiter Abschnitt anschließt, nimmt menschliche Schwächen und Fehlverhalten augenzwinkernd und manchmal auch boshaft aufs Korn. Mit den „Kalenderblättern“ fächert sich ein Jahresbilderbogen auf, ein geruhsamer Spaziergang durch die zwölf Monate, der auch einige Zwischenstationen als Haltepunkte einbezieht. Dieser dritte Buchteil ist ganz der Naturbetrachtung vorbehalten. Zuguterletzt schließt sich der Kreis mit „Kraut und Rüben“ – einem bunten Sammelsurium von Heiterem und Nachdenklichem, Ansichten und Einsichten, das keinem Leitfaden untergeordnet ist.

Zum Buchtitel: „Zwischen den Zeiten“ – zwischen Anfang und Ende – verläuft der Weg, auf dem sich Lebenslinie und Empfindungswelt entwickeln, äußeres Umfeld und Innenleben entdeckt und erforscht werden. „Zwischen den Zeiten“ (Seite 75) erstreckt sich also ein weitgespannter Bogen. Ihn zur reichen, vielfarbigen Palette zu gestalten und mit warmem Leben zu erfüllen, liegt in unserer Hand!

Gisela Hillebrecht

Es hat alles seine Zeit . . .

Es hat alles seine Zeit

Tage kommen, Tage gehen,
und die Erde wird sich drehen:
Es hat alles seine Zeit!
Frühling, Sommer, Herbst und Winter,
Leben, Sterben – steht dahinter
nicht der Ruf nach Fügsamkeit?

Alles wird uns zugemessen:
Zeit zum Träumen, zum Vergessen,
Zeit für Glück und Traurigkeit;
Zeit zum Wachsen, Zeit zum Reifen,
Zeit zum Lernen und Begreifen:
Was geschieht, bestimmt die Zeit!

Und nur eins von allen Dingen
läßt sich nicht von ihr bezwingen,
ist von jedem Maß befreit –
über allem steht geschrieben:
Es ist *immer* Zeit zum Lieben!
Liebe fragt nicht nach der Zeit ...

Glücksrezept

Verheißungsvoll tritt jeden Morgen
ein junger Tag zu dir ans Bett.
Verschenk' ihn nicht an dumme Sorgen –
sing' doch mit ihm ein Glücksduett!

Laß' dich von keiner Angst besiegen,
die du dir selbst zum Alptraum machst;
meist wird sie wie durch Spuk verfliegen,
wenn du sie ignorierst – und lachst!

Die Stunden wirst du wandern sehen,
doch keine holst du dir zurück:
Such' in begreifendem Verstehen
den Schlüssel für dein Lebensglück ...

Carpe diem!

Frühlingsmorgen

Verliebt singt eine Amsel süße Lieder;
es glänzt der Silberpelz der Weidenkätzchen,
die hellen Birkenschleier wehen wieder.
Aus Haselfransen stäubt es golden nieder
auf einen Wegrand, ein besonntes Plätzchen.

Der Waldsaum träumt von Licht und sanfter Wärme,
die ihm ein Kleid aus jungen Blättern brächten,
von Vogelzwitschern, fröhlichem Gelärme,
dem sommerlichen Tanz der Mückenschwärme,
dem Sternenreigen in den lauen Nächten.

Und über allem zittert ein Behagen
im frühen morgendlichen Sonngeflimmer,
als wollte die Natur beschwörend sagen:
Freut euch an diesen milden Frühlingstagen –
so schön wie heute bleibt es ja nicht immer!

Mondzauber

Schmal hängt der Mond als blasse Silbersichel
im blauen Samt entrückter Himmelsferne,
von den Millionenschwärmen heller Sterne
umrandet wie mit Stickereigestichel.

Des Schweigens Wohltat senkt sich auf die Erde,
nachtschwarzes Dunkel liegt auf stillen Wegen,
und spinnwebzart treibt ihrem Ziel entgegen
hoch droben eine Lämmerwölkchenherde.

Ein Strahlenfinger zeichnet Glitzerstreifen
aus bleichem Gold auf eines Bachlaufs Schleifen.
Die Grillen zirpen ihre Hochzeitslieder.

Verklärte Nacht! Wirf deinen Zauberschleier
vor eines neuen Tages Morgenfeier
auf alle Träume dieser Welt hernieder!

Tagesbeginn

Hügel im Dämmerlicht
nachtblauer Träume;
ein letzter Mondstrahl flicht
Glanz in die Bäume.
Zwielicht, noch matt und fahl,
kriecht durch das Dunkel,
und dann, mit einem Mal,
goldnes Gefunkel:
Ein Sonnenfinger greift
rosig nach oben;
wo er den Himmel streift,
leuchtet es droben.
So steigt der Tag herauf,
geht auf die Reise,
weckt alles Leben auf –
wärmend und leise.
Licht, das die Nacht durchdringt,
formt sich zum Heute;
horch – in der Ferne schwingt
Morgengeläute ...

D.O.

Grauer Sonntag

Grauer Sonntag. Nebelschwaden treiben,
Regentropfen pochen an das Haus.
Man genießt es, still daheim zu bleiben,
trödelt, liest, wird Freunden Briefe schreiben,
hört Musik und ruht sich einmal aus.

Und man schaut sich um in seinen Wänden,
die man plötzlich wieder neu entdeckt,
findet dies und das in den Beständen,
streichelt Liebvertrautes mit den Händen,
das erinnrungssüß nach „Damals“ schmeckt ...

Irgendwie fühlt man sich wohlgeborgen,
während man beglückt dem Nichtstun frönt,
löst sich los von seinen kleinen Sorgen,
denkt kein bißchen an den Montagmorgen,
unterdes der Wind im Rauchfang stöhnt.

Solch ein Regentag hat doch sein Gutes!
Wird der Himmel schließlich wieder hell,
dreht man – neugestärkt und frohen Mutes,
sehr gelassen, heiter, kühlen Blutes –
willig mit am Alltagskarussell.

Unter der Brücke

Unter der Brücke
saß ich als Kind,
sah übers Wasser,
lauschte dem Wind.
War tief geborgen,
sicher versteckt:
Keiner hat jemals
mich da entdeckt.
Hab' eine Traumwelt
mir aufgebaut,
dort zwischen Binsen
und Wiesenkraut.
Drückte mich Kummer:
An jenem Ort
trugen die Wellen
ihn mit sich fort.
Nach dieser Zuflucht
sehn' ich mich jetzt,
von Zeit und Kämpfen
wund und verletzt.
Unter der Brücke
beim Bach, im Wind,
wär' ich getröstet
wie einst als Kind ...

Man braucht ...

Man braucht im Grunde gar nicht viel
für dieses bißchen Leben:
Man braucht ein lohnenswertes Ziel,
den Mut, nie aufzugeben,
man braucht Gesundheit und Humor,
zu trinken und zu essen,
und irgendwo ein kleines Tor
als Fluchtweg ins Vergessen.
Man braucht ein Herz voll Fröhlichkeit,
ein ruhiges Gewissen,
denn das gilt heut' wie seinerzeit
als sanftes Ruhekissen.
Verständnis braucht man, Leidenschaft
für alles Tun und Denken,
Zufriedenheit und innre Kraft,
auch Freude am Beschenken.
Ans Ende sei das Geld gestellt,
sonst würd' kein Schornstein rauchen ...
Nun sagt: Was sollt' auf dieser Welt
ein Mensch denn sonst noch brauchen?

Regen

Regen fällt in dichten Schleiern,
trommelt müde Schläfer wach,
strömt vom steilen Kirchendach
aus den alten Wasserspeiern;
gurgelt gluckernd durch die Traufen,
hat die Gärten überschwemmt –
überall sieht ungehemmt
man die Bächlein eilig laufen.
Da zerreißt die Wolkendecke,
während noch der Himmel weint,
und ein Fleckchen Blau erscheint
zögernd in der kleinen Ecke.
Wolken werden weggezogen:
Unter grauer Himmelswand
bildet sich als Märchenband
traumhaft schön ein Regenbogen ...

Geschenkte Zeit

Für mich ist jeder Tag wie ein Geschenk:
Voll Dankbarkeit genieß' ich seine Gaben,
und immer bin ich dessen eingedenk,
daß wir nicht wissen, wieviel Zeit wir haben.

Der Kostbarkeit des Augenblicks bewußt,
bekämpf' ich meine kleinlichen Beschwerden,
füll' jeden Tag mit neuer Lebenslust –
es könnte ja vielleicht mein letzter werden!

D.O.

Heckenrosen

Am Feldrain duftet zwischen weißen Schlehen
ein Strauch mit zartgefärbten Heckenrosen,
viel lieblicher als all die edlen, großen,
die in den wohlgepflegten Gärten stehen.

Kein Gärtner muß sie hegen und beschneiden,
kein Züchter kreuzt sie mit prämierten Sorten:
Wild wachsen sie an stillverträumten Orten,
entlang der Wege, der umzäunten Weiden.

Wie dünnes Porzellan, von großer Feinheit,
gebettet in ihr Nest aus grünen Blättern,
sieht man sie ungebändigt rankend klettern
als Inbegriff natürlich-heitrer Reinheit.

Umschwärmt von kleinen Käfern, fleiß'gen Bienen,
vom Reigen farbenbunter Schmetterlinge,
sind sie nur eines jener Wunderdinge,
die frohgemut der großen Schöpfung dienen ...

Wolkenzug

Wohin die Wolke zieht? – Ich frag' sie nicht;
der Wind läßt übers Himmelsblau sie wehen,
und irgendwo im weißen Mittagslicht,
das gleißend ihren zarten Dunst durchbricht,
wird – müd geworden – spurlos sie vergehen.

Ich *will's* nicht wissen, wohin er sie treibt;
das zu ergründen gönn' ich jenem Toren,
der jeden Vorgang minutiös beschreibt
und niemals eine Antwort schuldig bleibt:
Mir ginge eine Illusion verloren ...

Laßt mir den Traum vom freien Wolkenzug,
vom Blick hinauf, beglückt und ohne Fragen,
laßt mir die Freude an dem Höhenflug!
Probleme gibt's in dieser Welt genug –
die Träumereien helfen sie ertragen ...

Sternstunde

Wenn ein Stern vom Himmel fällt,
stelle ich mir vor:
Dort, in jener andren Welt,
öffnet sich ein Tor,
und ein Splitterchen vom Licht
aus dem goldnen Schrein
stürzt befreit hervor und bricht
in mein Leben ein,
macht die Nacht zum hellen Tag,
gibt den Dingen Sinn,
daß ich Ungeahntes wag',
stark und glücklich bin.
Dann vergißt der Geist den Staub,
den das Auge sieht,
weil ich an das Wunder glaub',
das mir da geschieht.
Ach – der Himmel ist so fern
von der Erdenwelt,
bis erneut ein kleiner Stern
mir herniederfällt ...

Trostwort

Fürchte dich nicht vor der Zeit!
Zwar wird *Gestern* schnell zum *Heute*,
und zum *Morgen* ist's nicht weit –
Zeit ist immer Zukunftsbeute ...
Was ihr Wandern tröstlich macht?
Wenn die Stunden auch zerrinnen:
In der Mitte jeder Nacht
wird ein neuer Tag beginnen!

Spätsommernachmittag

Verschwenderische, heitre Sommergärten!
Das milde Licht macht sie zu Paradiesen:
In sanftem Dunst verschwimmen alle Härten,
Konturen werden weicher und zerfließen.

Unmerklich strecken sich die blauen Schatten;
schon dunkelt's heimlich in versteckten Ecken,
doch steigt noch Wärme aus den Sandsteinplatten,
die mattrot den verwunschnen Pfad bedecken.

Betäubend strömt ein Meer von Blumendüften
– gesättigt, schwer von sommerlicher Süße –
dahin mit linden, kühlen Abendlüften,
Gott Zephyr zugedacht als Opfergrüße.

Die Sonne schickt sich an hinabzusinken,
und Stille breitet sich wie zarte Watte,
den Kelch des Tags zur Gänze auszutrinken,
der soviel Schönheit zu verschenken hatte ...

D.O.

Seifenblasen

Seifenblasen – herrliches Vergnügen!
Wenn sie schillernd sich zur Kette fügen,
schweben viele bunte Kinderträume
mit hinauf in unbegrenzte Räume,
und so manches Tränchen wird vergossen,
sind sie – platzend – in ein Nichts zerflossen.

Später braucht man andre, neue Spiele,
setzt sich hochgesteckte, große Ziele
und versucht in seinen Erdentagen,
Lebensträumen hinterherzujagen.
Schmerzhaft wird man oft genug erfahren,
daß sie nichts als Seifenblasen waren ...

Kontraste

Der Reiz des Daseins lebt aus den Kontrasten,
dem Unterschied, der Gut und Böse trennt;
man wird nicht blind durch Blütengärten hasten,
wenn man die Trockenheit der Wüste kennt!

Wie wüßte der die Schönheit zu bewerten,
dem Unvollkommenheit ein Fremdwort ist,
wenn nicht die tausend Häßlichkeiten lehrten,
an welchem Maßstab sich das Schöne mißt?

Bekriegt nicht Flüchtigkeit Konstanz und Dauer?
Treibt Unrast nicht die Ruhe aus dem Haus?
Und schöpft man nicht nach einer Zeit der Trauer
die Freude bis zum letzten Tropfen aus?

In jedem Gegensatz regt sich die Ahnung
vom Schatten als dem Gegenpol zum Licht.
So liegt im *Carpe diem* schon die Mahnung:
Vergiß auch das *Memento mori* nicht!

Nur ein Quentchen ...

Tagtäglich jagt man nach dem Glück,
versucht es einzufangen,
und immer weicht es scheu zurück.
Wie ist es zu erlangen?

Dafür gibt's leider kein Rezept:
Es liebt die Kapriolen;
selbst der gewiefteste Adept
vermag sich's nicht zu holen.

Sofern es dir ein Quentchen schenkt,
nimm's an und sei zufrieden:
Das *große* Glück, wenn man's bedenkt,
ist wenigen beschieden!

Die Glocke ruft

Die Glocke ruft vom Turm und spricht
ein mahnend-ernstes Wort:
Vergeßt die Zeit, die Stunde nicht
an dem verderbten Ort,
der einst der Garten Eden war,
ein reiches Paradies,
und euch, der kleinen Menschenschar,
das größte Glück verhieß!
Was habt ihr nur daraus gemacht:
Es hat nicht euch gehört,
doch jeden Tag und jede Nacht
habt ihr es mehr zerstört.
Besinnt euch, Menschen, und kehrt um!
Noch habt ihr Zeit dafür,
sonst ist wohl bald die Glocke stumm
und zu die Kirchentür,
und ihr versinkt, verarmt und bloß,
des Letzten noch beraubt,
in eurer eignen Hölle Schoß,
weil ihr an nichts mehr glaubt.
Hört auf mein Wort, es hat Gewicht:
Ist diese Zeit auch krank –
vergeßt den Ruf der Stunde nicht
und sagt dem Schöpfer Dank!

Insel im Strom der Zeit

Ich bin ein Teilchen dieser weiten Welt,
doch nur ein Nichts in der Unendlichkeit.
Man hat mich ungefragt hineingestellt
für eine unbestimmte Spanne Zeit.
Voll Vorsicht setz' ich zögernd Schritt um Schritt
wie einer, der sein Endziel noch nicht kennt,
und trotzdem reißt der große Strom mich mit,
der ewig fließt und den man *Leben* nennt.
Nach einer stillen Insel schau' ich aus,
die fest und tröstlich in der Strömung steht –
ein friedevolles, glückliches Zuhaus',
wohin man gern und leichten Herzens geht.
Daß ich sie finde, weiß ich ganz bestimmt:
Sie wartet irgendwo im Schoß der Zeit;
wenn sie mich schließlich an ihr Ufer nimmt,
werd' ich ein Teilchen der Unendlichkeit ...

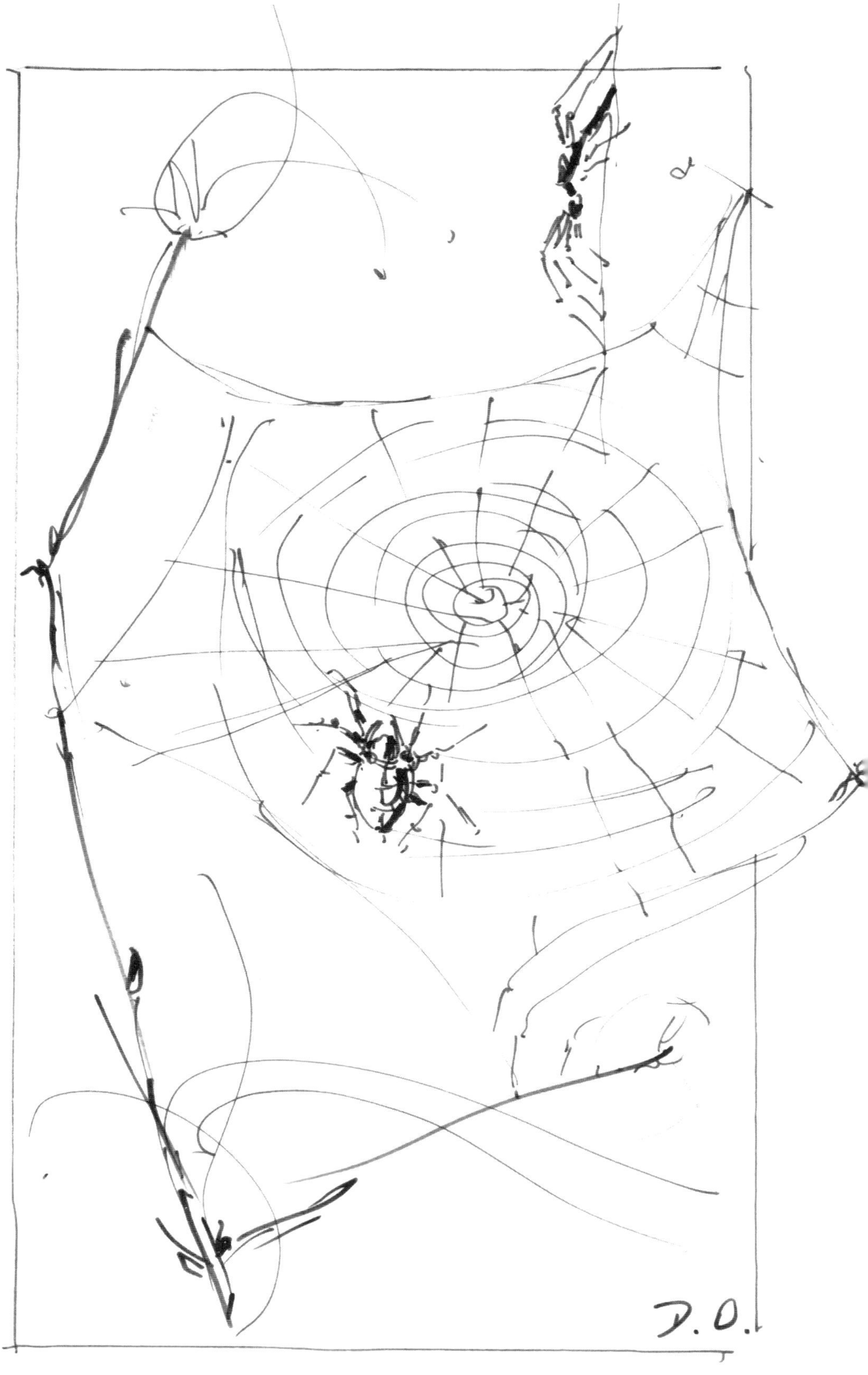
D. O.

Das Spinnennetz

Am frühen Morgen war es plötzlich da:
Ich sah es in den jungen grünen Ranken
des wilden Weines, meinem Fenster nah,
im leisen Morgenlüftchen sachte schwanken.

Ein Spinnennetz der allerfeinsten Art,
zum Teil verankert an dem Fensterladen,
von filigraner Schönheit, schleierzart,
hing da, gewirkt aus dünnstem Silberfaden.

Und glitzernd, funkelnd in dem weichen Grau
war schwebend-leicht ins Netzwerk eingewoben
ein Muster aus den kleinsten Tröpfchen Tau,
als seien Diamanten dort zerstoben.

Am Tag ist dann der Wind durchs Land gebraust;
der wollte seine wilde Fahne hissen –
wie ein Vandalenvolk hat er gehaust.
Des Abends war das Kunstwerk schon zerrissen.

Doch als ich morgens zu dem Fenster ging,
schien mir, ein kleines Wunder sei geschehen,
denn dort, im Weinlaub weiter oben, hing
ein neues Netz, bezaubernd anzusehen!

Schon lang, bevor ich schläfrig aufgewacht,
und eh' der Tag sich schmückt mit hellem Leben,
war Spinnenfleiß am Werk im Schutz der Nacht,
mit viel Geschick das nächste Netz zu weben ...

Reifezeit

Auf gelben Feldern lastet Mittagsglut;
schon reift das Korn, die dicken Ähren schwellen.
So weit man sieht, wogt sacht die goldne Flut
im trägen Hauch der Luft wie Meereswellen.

Bewegter Schatten spielt auf sand'gem Weg,
den weißgefleckte, lichte Birken säumen;
ein Rinnsal kreuzt mit altersschwachem Steg,
wo alte Weiden nah beim Wasser träumen.

Ein Bachstelzmännchen wippt am Uferrand,
es nickt mir zu, als wolle es mich grüßen;
und weiter folge ich dem schmalen Band
der tiefen Karrenspur zu meinen Füßen.

Ganz ungetrübt erstrahlt des Himmels Blau –
kein kleinstes Wölkchen segelt heut' darüber.
Erhitzt, ermüdet wandre ich und schau
verlangend nach dem dunklen Wald hinüber.

Dort öffnet sich ein stilles, grünes Tor,
erquickend seine Kühle zu verschwenden;
fast wie im Märchenreich komm' ich mir vor,
um doch noch einmal mich zurückzuwenden:

Zum Bach, dem Weg, dem reifen Ährenfeld,
dem kleinen Steg, den Birken und den Weiden,
dem seidenblauen, klaren Himmelszelt –
bin ich um diesen Tag nicht zu beneiden?

Waldfrieden

Vom Feldweg kommend in des Mittags Schwüle,
betret' ich eines Waldrands dunkle Schwelle.
Sogleich umfängt mich dämmergrüne Kühle,
die ich beglückt in jeder Faser fühle
nach gnadenloser, blendendweißer Helle.

Durch hohe Stämme fließen Sonnenstrahlen
in schrägen Bahnen auf den Boden nieder,
wo zitternd sie ein goldnes Muster malen
auf Farn und welken Blättern, bräunlich-fahlen,
und mit dem Wolkenzug verblaßt es wieder.

Erst scheint der Wald geheimnisvoll zu schweigen.
Doch dann gewahr' ringsum ich muntres Leben:
Es huscht und flattert droben in den Zweigen,
die Mücken tanzen in bizarrem Reigen,
und Blätter spürt man sacht im Windhauch beben.

Ein Eichhorn seh' ich durchs Geäst sich schwingen,
ein Mäuschen sich im Wurzelwerk verstecken;
die Finken hör' ich ihre Lieder singen,
als wollt' ihr kleines Herz dabei zerspringen
und meines mir zu neuer Freude wecken.

Lang hab' ich dort auf weichem Moos gesessen,
um schläfrig-glücklich ungestört zu träumen
und weite, stille Räume zu durchmessen;
die laute Welt läßt sich so leicht vergessen
im Waldesfrieden unter alten Bäumen ...

Nachtgedanken

Manchmal lieg' ich lange wach,
lausche in die Dunkelheit,
auf den Sang des Winds vom Dach
und den leichten Schritt der Zeit.
Uhren ticken laut und schwer
überall, in jedem Raum;
Pendel schwingen hin und her,
Zeiger drehn sich wie im Traum.
Nimmt nicht jeder Stundenschlag
mir ein wenig von der Zeit,
die mir noch verbleiben mag,
Winzigkeit um Winzigkeit?
Hielte ich die Uhren an,
blieben wohl die Zeiger stehn;
doch die Zeit – sie würd' auch dann
unaufhaltsam weitergehn.
Jede Spanne, die zerrinnt:
Wegstück ohne Wiederkehr!
Wenn ein neuer Tag beginnt,
trägt er Zukunft vor sich her ...
Und so lieg' ich manchmal wach
in der tiefen Dunkelheit,
höre auf den Wind vom Dach
und den steten Schritt der Zeit.
Deutlich wird mir dann bewußt,
daß sie gibt und dennoch nimmt,
weil ihr Machtwort, ihr „du mußt"
jeden Lebensweg bestimmt –

Auf der Reise

Eine kleine Stadt – ich kenn' sie nicht:
Über roten Dächern kringelt Rauch,
weiße Mauern spiegeln Morgenlicht;
hübsche bunte Gärten gibt es auch.

Menschen seh' ich durch die Gäßchen gehn,
fröhlich winkt man sich von Haus zu Haus,
und die Zeit scheint hier fast stillzustehn –
alles sieht mir wie verwunschen aus.

Nein, er hält hier nicht, mein Reisezug!
Lang' noch schau' ich nach der Stadt zurück,
hör' mein Herz – es klopft ja laut genug:
Hinter dir läßt du vielleicht dein Glück ...

Kleine Stadt, wie gern hätt' ich bei dir
ausgeruht und hoffnungsfroh verweilt!
Doch der Lauf der Zeit versagt es mir,
denn der Lebenszug, er eilt – eilt – eilt ...

Credo

Ich glaube
– an das Gute,
das unzerstörbar bleibt,
auch wenn des Zeitgeists Knute
verderbte Blüten treibt.

Ich glaube
– an die Liebe,
weil sie unendlich ist,
obgleich das Weltgetriebe
mit andrem Maßstab mißt.

Ich glaube
– an das Hoffen
und seine stille Kraft;
wer hofft, der ist auch offen
für das, was Gutes schafft.

Ich glaube
– an das Leben,
im großen Schöpfungsplan
uns nur zum Pfand gegeben
und allzuoft vertan ...

Mein Credo
– festgeschrieben,
was mir auch widerfährt –
heißt: glauben, hoffen, lieben,
solang' mein Leben währt!

Garten der Kindheit

In dem Garten meiner Kindheit
steh' ich manchmal nachts im Traum,
seh' trotz schlafbefangner Blindheit
den betagten Apfelbaum,
der mir so geduldig lauschte,
wenn ich kummervoll dort saß,
Trost mit seinen Blättern rauschte,
bis ich all mein Leid vergaß.
Viele kleine Kindersorgen
trug ich hin, mein Weh und Ach,
fühlte mich beschützt, geborgen
unter seinem grünen Dach.

Heute lasten andre Fragen
und ein weitaus größrer Schmerz
als in jenen Kindertagen
drückend auf Gemüt und Herz.
Diese Welt macht mich erschauern:
Gnadenlos ist sie und blind;
überall stoß' ich an Mauern,
die nicht einzureißen sind.
Doch das sachte Blätterrauschen
und den altvertrauten Baum,
die auf meine Klage lauschen,
finde ich nur noch im Traum – – –

D.O.

Evolution

Einst lungerten sie auf den untersten Sprossen.
Ein paar nahmen Anstoß daran
und schielten hinauf zu den Obergeschossen –
die Menschheitsgeschichte begann.
Noch immer sind sie unsre engen Verwandten,
die Affen in Urwald und Zoo,
doch bin ich darüber, ganz ehrlich gestanden,
im Grunde nicht sonderlich froh:
Es haben die Affen in tausenden Jahren
sich kaum von der Urform entfernt,
die Menschen jedoch, die so fortschrittlich waren,
das Äffische auch nicht verlernt!
Sie zanken sich zeternd um Großes und Kleines,
um Wohnstatt, um Job und Verzehr;
verbal zeigt man gar, geht's um weniger Feines,
den Leuten sein Hinterteil her.
Bei aller Entwicklung, trotz Wissen und Können:
Auch heut' ist kaum einer bereit,
dem Mitmenschen mehr als sich selber zu gönnen ...
Da sagt man, wir brachten es weit!

Anklage

Wo der Krieg das Land verbrennt,
wo man keine Gnade kennt,
wo man foltert und mißhandelt,
wo man Recht in Unrecht wandelt,
wo der blanke Haß regiert,
wo die Willkür triumphiert,
wo, begraben unter Steinen,
mutterlose Kinder weinen,
wo den Reichen alles bleibt,
Arme man ins Elend treibt –
wo in all dem Schreckgeschehen
hast du, Gott, nur hingesehen?

Warum?
(2. Mose 21, 24)

– und *Gott* sieht zu, wie sich auf *seiner* Erde
die Menschen, *ihm* zum Ebenbild erschaffen,
mit Krieg bedrohen und mit Todeswaffen,
damit das Wort der Schrift bestätigt werde:
„Auge um Auge ...“

Was bleibt uns, wenn sie ihre Messer wetzen?
Verbranntes Land, zerstörte Paradiese,
verqualmte Luft, die sich nicht atmen ließe!
Hört doch nicht hin, wenn böse Mächte hetzen:
„Zahn um Zahn ...“

Das Menschheitserbe *Erde* zu verwalten
mit allem mannigfachen reichen Leben,
ist es uns jetzt noch in die Hand gegeben,
uns an ein andres Wort der Schrift zu halten:
„Friede auf Erden!“

Das letzte Paradies?

Der kleine Ort im weltvergeßnen Tal
träumt vor sich hin in sonntäglicher Stille.
Ein Brunnen plätschert, Gäßchen, eng und schmal –
welch hübsches Bild von ländlicher Idylle!

Ins warme, goldne Morgenlicht getaucht,
scheint alles im Dornröschenschlaf zu liegen;
nein – doch nicht alles, denn ein Schornstein raucht,
und ein paar Schwalben üben sich im Fliegen.

Die saubren Häuser leuchten weißverputzt,
Geranien schmücken schmale Fensterbänke;
Clematis wuchert, üppig, ungestutzt;
hell glitzert Wasser in der Pferdetränke.

Ein Mutterschaf mit seinen Lämmern steht
auf einem Fleckchen fetter, grüner Wiese.
Vom Kirchturm ruft die Glocke zum Gebet.
Ist dies das letzte aller Paradiese?

Täuschung

Der kleine Ort im weltvergeßnen Tal
träumt vor sich hin in sonntäglicher Stille.
Ein Brunnen plätschert, Gäßchen, eng und schmal –
dem Anschein nach noch ländliche Idylle.

Doch wenn man hinter seine Türen sieht,
wird man auch draußen auf dem Land entdecken,
wie weit das Böse seine Kreise zieht,
weil Zank und Hader sich selbst dort verstecken.

Was ist es, das die Menschen dazu treibt,
einander statt zu lieben zu zerfleischen,
bis nur ein Haufen Scherben übrig bleibt?
Was wollen sie beweisen? Was erreichen?

Gefährlich ist der Weg auf schmalem Grat,
den sie im Hochmut ihrer Ichsucht wandern.
Und wenn sie stürzen, liegt sie schon parat,
die Schuldzuweisung: Schuld sind stets die Andern ...

Man täuscht sich leicht. Der äußre Anschein trügt:
Er deckt nur dürftig häßliches Geschehen.
Wem die Fassade heiler Welt genügt,
der will auch gar nicht erst dahinter sehen!

Triumph des Lichts

Der Tag ist trübe, regenschwer, verhangen,
die Landschaft tot.
Ist heute wohl die Sonne aufgegangen
im Morgenrot?
Beklemmend legt die düstre Atmosphäre
sich aufs Gemüt,
als ob das Herz mit Blei beladen wäre
und ausgeglüht.
Es nieselt schleierfein. Von tiefen Zweigen
tropft kühles Naß
wie Tränen, die in stummem Kummer schweigen,
ohn' Unterlaß.
Zur Mittagsstunde reißt die Wolkendecke.
In all dem Grau
zeigt sich verstohlen eine kleine Ecke
von Himmelsblau,
und wie ein Pfeil, aus reinstem Gold gegossen,
kommt aus dem Nichts
ein heller Sonnenstrahl hervorgeschossen –
Triumph des Lichts!

Vom Lauf der Zeit

Der Lauf der Zeit wird manches offenbaren,
das sacht und gleichsam mit verhaltnem Schritt
als das Ergebnis von gelebten Jahren
erkennbar wird und ins Bewußtsein tritt.

Einst war man stürmisch – sanfter ist man heute,
einst nahm man alles – heute braucht man nichts,
einst galt gering der Rat gescheiter Leute –
heut' sucht man den Erhalt des Gleichgewichts...

Die Zeit schleift still die Kanten und die Ecken,
sie glättet Schrunden, macht das Rauhe weich,
und irgendwann wird man es dann entdecken:
Erst mit den Jahren wird man wahrhaft reich!

D.O.

Der Seerosenteich

Im warmen Schein des milden Sonnenlichts
schläft still ein See, ganz einsam, abgelegen.
Es ist die Zeit der Mittagsruhe. Nichts
scheint sich zu dieser Stunde dort zu regen.

Auf großen runden Blättern, Tellern gleich,
sind all die Lotusblumen noch beim Träumen,
und kleine Wolken spiegeln sich im Teich
wie Wattebäusche, weiß mit goldnen Säumen.

Ein grüner Frosch, fast eins mit seinem Blatt
wie seine gut getarnten Artgenossen,
aalt sich beim Sonnenbad, zufrieden, satt,
und hält die runden Augen fest geschlossen.

Wer weiß – vielleicht träumt er von einem Kuß,
von seiner Froschgestalt ihn zu erlösen?
Inzwischen frönt er selig dem Genuß,
bei seiner Siesta vor sich hin zu dösen.

Auch die Libelle, räuberischer Gast
und ständig unterwegs auf Beutezügen,
gönnt sich im Schilf ein kleines Weilchen Rast
nach ihren strapaziösen Zickzackflügen.

Herbwürzger Duft nach frisch gemähtem Gras,
von weit entfernten Wiesen hergetragen,
und diese Ruhe – welch ein Übermaß
an tiefem, trägem, süßem Wohlbehagen!

Am Wasserrosenteich, im Wald versteckt,
wird mancher blind und taub vorübereilen;
doch dem, der ihn an seinem Weg entdeckt,
verspricht er ein entspannendes Verweilen.

Wissensdefizit

Wie hoch ist der Himmel mit all seinen Sternen?
Wie weit reicht das Meer in unendliche Fernen?
Wie schwer wiegt der Sand in durchgluteten Wüsten?
Wie lang ist der Strand der umfluteten Küsten?
Wie tief in der Erde sind Schätze verborgen?
Wie hebt aus der Nacht sich ein strahlender Morgen?
Wie groß ist der Reichtum an rauschenden Wäldern,
an Flüssen und Seen, an fruchtbaren Feldern,
die herrliche Vielfalt an Pflanzen und Tieren,
die Fülle, die wir aus den Augen verlieren?
Und fände man Antwort auf manche der Fragen,
so wüßte man nichts zu den andern zu sagen,
denn menschliches Wissen, voll Dünkel beschworen,
wirkt neben den Wundern der Schöpfung verloren:
So groß die Natur ist in sämtlichen Dingen,
so klein ist der Mensch, der sie glaubt zu bezwingen ...

Zeitverständnis

Wenn sich die Erde dreht,
ein Tag ins Nichts verweht,
streift mich ein Schauer:
Zu schnell verrinnt die Zeit,
tropft in die Ewigkeit –
nichts ist von Dauer.

Zeit und verspieltes Glück
holt man sich nicht zurück
durch fromme Lügen.
Irgendwann lernt man dann,
daß man nichts halten kann
und wird sich fügen.

Wer klaren Blickes sieht,
wie alles fließt und flieht,
fühlt sich im Bunde
mit diesem Zeitenlauf,
gibt sich nie selber auf
und nutzt die Stunde!

Lebenskreislauf

Ein Schmetterling, der in der Sonne tanzt,
scheint Inbegriff der hellen Lebensfreude.
Das Blatt im Wind, verfärbt und ausgefranst,
ist todgeweiht und stirbt vielleicht schon heute.
Und beide sind doch Kinder der Natur,
die sie durch ihre Existenz bereichern,
um dann mit kaum mehr wahrnehmbarer Spur
im Sterben schon den Fortbestand zu speichern:
Der Schmetterling vergeht, sobald es friert;
sein Raupenkind hängt längst – geschickt verborgen –
verpuppt im Strauch, der Blatt um Blatt verliert,
und wartet auf den warmen Frühlingsmorgen.
Das losgelöste Blatt zerfällt, verdorrt,
darf dann als Humusstaub den Boden nähren ...
So setzt sich eins im andern stetig fort
und wird als stiller Kreislauf ewig währen.

Licht im Herbst

Dem Licht des Herbstes wohnt ein Zauber inne,
wie keine andre Jahreszeit ihn kennt:
Besänftigend legt sich's auf Herz und Sinne –
ein leichter Schleier, der sich „Reife" nennt.

Das Licht des Sommers ist kristallne Klarheit,
die alle Dinge bis zum Grund durchdringt;
es offenbart mit schonungsloser Wahrheit,
was – scharf durchleuchtet – es zu Tage bringt.

Heiß brennt's hernieder, aggressiv, entweihend,
will alles wissen, forscht, gibt keine Ruh' ...
Das Licht im Herbst, versöhnlich, mild, verzeihend,
deckt liebevoll die kleinen Schwächen zu –

D.O.

Die Nacht

Sie steigt, von Sternenglanz erfüllt,
ins weiche Licht des Monds gehüllt,
aus dunklen Himmelsräumen,
und streichelt leise, ohne Wort,
die Sorgen von den Menschen fort,
beschenkt sie mit den Träumen.

Ihr schwarzes, samtenes Gewand
legt sie wie eine leichte Hand
auf Schmerzen und auf Wunden,
gießt sacht aus ihrem Sternenzelt
ein wenig Frieden auf die Welt
für ein paar kurze Stunden.

Der Zauber einer schönen Nacht
ist von geheimnisvoller Macht,
schleicht sich durch alle Türen,
dringt stumm mit seinem Silberschein
in Katen und Paläste ein
und wird auch dich verführen!

Erntesegen

Die Bäume stehn gebeugt, von Früchten schwer
in Gottes reich gefülltem Sommergarten;
verwehter Duft treibt von den Feldern her,
wo reife Ähren auf den Schnitter warten.
Ein träger Wind streicht schläfrig übers Land,
zu müde, um die Blätter zu bewegen;
vertrauensvoll schmiegt unter seine Hand
sich willig all der goldne Erntesegen.
Ist's nicht ein Wunder, wie es wächst und reift?
Läßt sich da nicht des Schöpfers Atem spüren,
der alles Werden, alles Leben streift,
um sacht es zur Vollendung hinzuführen?

Traumvision

Ein kleines Haus, umrankt von Grün,
inmitten von Rabatten,
in denen bunte Blumen blühn;
das Spiel von Licht und Schatten
auf einem stillen Gartenteich
mit kleinen Kräuselwellen,
und über ihrem Wasserreich
zwei schillernde Libellen;
der Geißblattlaube süßer Duft,
ein Beet mit hundert Rosen,
wo in der sonnenwarmen Luft
die Schmetterlinge kosen;
im Apfelbaum ein Finkennest
voll muntrem Füttertreiben ...
Wär's Wirklichkeit, könnt' mir der Rest
der Welt gestohlen bleiben!

Resignation

Über leeren Feldern singt der Wind
wie ein leiser Klang aus fernen Sphären.
Eine müde Frau, im Arm ihr Kind,
bückt sich suchend nach vergeßnen Ähren;
Krähen hüpfen dicht an ihren Sohlen,
ihren Teil der Beute sich zu holen.

Strahlte gestern noch des Himmels Blau?
Türmten gestern sich hier noch die Garben?
Heute resigniert die Welt in Grau,
heut' verblassen ihre frohen Farben;
morgen wird der Herbst das Land durchrütteln
und die Blätter von den Bäumen schütteln –

Melancholie

Der Sommer ging; die Farben nahm er mit,
und auch der Herbst mag nicht mehr lang verweilen.
Es dunkelt früh. Das Jahr wird Schritt um Schritt
von dannen eilen ...

Beraubt der Freuden steht mit leerer Hand
man trüben Sinnes vor entlaubten Zweigen,
und hinter jener grauen Nebelwand
ist nichts als Schweigen –

Da wird ein leiser, unbestimmter Schmerz,
der sich nicht deuten läßt, die Seele streifen:
So ist der Lauf der Welt – versuch', mein Herz,
es zu begreifen!

Geberfreude

Vielerlei Blumen
band ich zum Strauß
auf meinem Streifzug durchs Leben.
Manche der Blüten
nahm ich heraus,
um sie an Freunde zu geben.

Rätselhaft war mir,
wie es dann kam,
seltsam und nicht zu verstehen:
Wieviele Blumen
ich auch entnahm:
Nie war die Lücke zu sehen.

Schließlich begriff ich:
Freude – verschenkt,
ohne Verluste zu scheuen –,
wird sich verdoppeln,
eh' man's bedenkt,
um dann vermehrt zu erfreuen!

Fernziel

Am Ende eines finstren Tunnels dimmert
ein vages Licht.
Ob du's erreichst, was dort so tröstlich schimmert?
Du weißt es nicht.
Geh' darauf zu, statt dich zurückzuwenden,
und sei beherzt!
Am Ausgang wird die Helligkeit dich blenden,
daß es fast schmerzt.
Und dann kannst du mit stolzer Freude sagen:
Es war nicht leicht,
mich durch die Dunkelheit ans Ziel zu wagen –
Ich hab's erreicht!

D. O.

Ende der Rosenzeit

Eine letzte Rose blüht
leuchtend rot am Strauch,
sehr um nobles Air bemüht,
wie's bei Rosen Brauch.

Doch so stolz sie sich auch hält –
ihre Zeit läuft ab:
Mit den ersten Frösten fällt
sie entseelt herab.

Schenkt das Jahr vielleicht ihr noch
eine Gnadenfrist,
mahnt's auch, wie vergänglich doch
alles Schöne ist ...

Lebensgeschichte

Still blickt ein alter Mensch mich an.
Die Zeit grub Runen ins Gesicht,
das sehr beredt erzählen kann –
der Worte braucht es dazu nicht.
Denn jede Falte spricht für sich,
ist eine feine Lebensspur;
so formten langsam, Strich für Strich,
sich Einzelheiten zur Gravur.
Ob's Freude war, ob Schmerz, ob Pein,
was jene Linien eingeprägt,
wird Summe des Erinnerns sein,
das man im Alter mit sich trägt!

Ein bißchen Freude

Ein bißchen Freude wünsch' ich mir
für jeden Tag im Leben,
und dieses Zauberelixier
würd' gern ich weitergeben!
Ich möcht' sie leicht und unbeschwert
mit wohlgefüllten Händen
an alle, die mir lieb und wert,
im Übermaß verschwenden.
Ein bißchen Freude tut so not,
den Alltag zu versüßen:
Wer sich nicht freut, ist stumpf und tot
und tritt sein Glück mit Füßen!

Herbstlaub

Blätter, bunt wie schöne Träume,
gestern noch vom Licht durchflutet,
fallen vom Geäst der Bäume –
abgestorben, ausgeblutet.

Voller Poesie, fast heiter,
lösen sie sich von den Zweigen,
tanzen wie im Rausch noch weiter
einen allerletzten Reigen.

Reich an Farben, reich an Formen
taumeln sie in ihr Verderben,
trotzen allen Todesnormen,
wenn sie noch in Schönheit sterben.

Wie vergänglich ist das Leben!
Sagt des Herbstlaubs sachtes Wehen,
dieses sanfte Niederschweben:
Es ist leicht, davonzugehen?

Spuren im Schnee

Frischer Schnee fiel über Nacht
auf die stillen Fluren,
makellose, weiße Pracht.
Dann entdeck' ich Spuren:
Leichte Tritte, klein und fein,
die darüber liefen,
prägten sich als Runen ein,
fremd wie Hieroglyphen;
eines Vogels zarter Fuß,
eines Wiesels Pfoten
schrieben ihren Morgengruß,
ihres Liedes Noten.
Fast hör' ich die Melodie,
kann die Botschaft lesen,
und mir ist, als wär' ich nie
so beglückt gewesen!

D.O.

Stille Stunde

Wie heimelig ist es doch vorm Kamin,
wenn dicke Buchenscheite knackend glühen,
und knisternd um den harzdurchtränkten Kien
die Flammen züngeln und die Funken sprühen,
den Raum mit rotem Dämmerlicht erfüllen
und ihn in wohlig-sanfte Wärme hüllen!

Da wird es einem erst so recht bewußt,
was solche Stunden doch bewirken können:
Man löst sich aus den Zwängen des „Du mußt",
ein Weilchen der Entspannung sich zu gönnen,
sich tief in Träumereien zu verlieren,
vorm Feuer übers Feuer zu sinnieren ...

War nicht die Flamme schon in alter Zeit
Symbol des Lichts auf heiligen Altären,
um Schutz vor Kälte, Nacht und Dunkelheit,
dem Bösen und den Ängsten zu gewähren,
und jenen, die imstande sind zu denken,
Erleuchtung und Erkenntnisse zu schenken?

Es gilt die Flamme uns auch heute noch
als Inbegriff der Läuterung, des Reinen,
der immer neuen Kraft – vermag sie doch
selbst im Zerstören wieder zu vereinen,
in grauer Asche scheinbar zu vergehen,
um dann nur heller leuchtend aufzustehen.

Die Flamme ist die Wärme und das Licht –
sie schmilzt das Eis, bewegt selbst harte Herzen.
Entzündet sie! Und dabei zählt es nicht,
ob im Kamin, ob an den stillen Kerzen:
Solange wir der Flamme Nahrung geben,
wird auch der Hoffnungsfunken weiterleben!

Buch des Lebens

Unbeschriebne Blätter sind die Tage,
die – noch nicht geboren – darauf warten,
daß die Zeit sie hin ins Leben trage,
wo sie sich entfalten wie ein Garten.

Schönes, Schweres: Sämtliches Geschehen,
das im Tag sich aneinander bindet,
wird auf vielen Einzelblättern stehen,
bis für alles sich das Schlußwort findet.

Langsam werden sich die Seiten füllen,
immer neue Zeilen sie bedecken,
Zug um Zug Geheimnisse enthüllen,
die wir manchmal vor uns selbst verstecken.

Jedes Blatt, vom Schicksal eng beschrieben,
läßt sich so im Buch des Lebens lesen.
Steht an erster Stelle dort das Lieben,
ist's erfüllt und reich und schön gewesen!

Zwischen den Zeiten

Das *Alpha*, das am Anfang steht,
ist warm und lebensnah,
Station im großen Alphabet
bis hin zum *Omega*.

Das *Omega* wird letzter Hort
nach jedem Erdenlauf,
wischt sanft die Lebenstränen fort
und nimmt dich friedvoll auf.

Gestern – Heute – Morgen
Eine apokalyptische Vision

In stillen Stunden wandern die Gedanken
mir oft davon in weit entfernte Zeiten ...
Dann denk' ich an die Stätten der Antike,
Relikte lang versunkener Kulturen:
Der alten Römer vielgerühmte Thermen,
beheizt durch hypokaustische Systeme,
so ausgeklügelt und in sich vollkommen,
daß wir sie heut' kaum besser bauen könnten;
an kühne Bogenbrücken – Aquädukte,
die kilometerweit das Wasser brachten
zu Orten, die nicht Fluß noch Bachlauf hatten;
der Griechen hochgelegne Tempelstädte,
wo schlanke Säulen in den Himmel ragten,
gekrönt von reichverzierten Kapitellen,
die weitgespannte Giebeldächer trugen,
der Götter Heiligtümer zu beschützen.
Jahrtausende sind nun dahingegangen ...
Heut' spannt azurnes Firmament sich drüber,
denn eingesunken sind die Tempeldächer,
die hohen Säulenschäfte längst geborsten,
vom Wind zernagt die schönen Kapitelle;
und auf den Resten breiter Treppenstufen
sonnt sich die Echse, Gras sprießt aus den Fugen.
Aus Stein erbaute Zeugen der Geschichte –
so lang schon tot, und doch: wie sehr lebendig!
Die dies erschufen, sind zu Staub geworden,
und niemand weiß, wo die Gebeine ruhen –
doch staunend sieht die Nachwelt ihre Werke,
die selbst noch als Ruinen Schönheit atmen,
in ihrer Harmonie den Schöpfer preisen,
der sie für seine Götter einst erbaute.
– – – – – –

Dann such' ich mir die Zukunft vorzustellen.
Wird sie in uns nur die Vandalen sehen,
die ein verwüstet' Ödland hinterließen
und schafften, was Jahrtausende nicht konnten?
Wie wird das Urteil künftger Tage lauten,
die dann von uns als den „Antiken" reden?
Was werden Kinder ihre Mütter fragen,
wenn sie vom zwanzigsten Jahrhundert hören?
„Was war das: Wald? Und wie war eine Wiese?
Gab's damals wirklich Tiere aller Arten?"
Ach, zornig wird man jene dann belehren
und ein verlornes Paradies betrauern ...
Man wird von einer schönen Welt erzählen,
die wir noch unzerstört bewohnen durften:
Von Wäldern, die sich meilenweit erstreckten,
wo Hase, Reh, der Hirsch, das Wildschwein hausten,
von Vögeln, die dort ihre Nester bauten
und jubilierend in die Luft sich schwangen;
von saftig-grünen Wiesen voller Blumen,
durch die sich muntre Bäche schlängelnd wanden,
aus denen Fische nach den Mücken sprangen,
die in der hellen Sommersonne tanzten,
und von des Himmels reiner, klarer Bläue,
der sich mit glänzenden Gestirnen schmückte ...
Und wollen unsre Kindeskinder wissen:
„Wo ist das alles denn nur hingekommen?" –
dann wird man ihnen eine Antwort geben,
die uns entlarvt als das, was wir wohl waren:
Als die Zerstörer weiter Lebensräume,
die unbedenklich schlimmen Raubbau trieben
an allem, was so reichlich noch vorhanden;
die nur an ihren eignen Nutzen dachten,

vom Fortbestand der Welt nichts hören wollten,
und die – statt von den Zinsen gut zu leben,
die die Natur doch immer wieder schenkte –
das Kapital verzehrten statt's zu mehren.
Sie schlugen Wälder, wird es von uns heißen,
ein immer engres Straßennetz zu bauen,
begradigten die Flüsse und die Bäche,
bis sie erstorbne, trübe Wasser waren,
vergifteten die Wiesen und die Felder
mit Chemikalien, die sie produzierten,
und brachten so den Tod auch für die Tiere,
die dort nichts mehr zum Überleben fanden;
verpesteten die Luft, bis eines Tages
den Himmel und die Sonne Nebel deckte,
der all die frohen, bunten Farben löschte,
das Atmen schwer und trist das Leben machte ...
Was werden wir der Nachwelt hinterlassen,
das wert des Lobes und des Dankes wäre?
Und deshalb werden spätere Geschlechter
uns Heutige und unsre Zeit verfluchen,
weil wir das alles stumm geschehen ließen,
uns nicht mit allen unsern Kräften wehrten,
den Mord an der Natur noch aufzuhalten!
Sie werden unsrer mit Verachtung denken,
wenn wir nicht endlich uns darauf besinnen,
den Reichtum und die Schönheit dieser Erde,
die uns ein höh'rer Wille anvertraute,
nach bestem Wissen pfleglich zu verwalten,
anstatt gedankenlos sie zu zerstören.
Noch ist es Zeit, des Weges Lauf zu ändern!
Noch Zeit, die Menschen endlich aufzurütteln
und träges Phlegma – Geißel unsrer Tage! –
in Einsicht und Verständnis zu verwandeln ...

Wo findet man euch, Menschen guten Willens,
bereit, dafür Verantwortung zu tragen,
daß unsre Erde lebe, fortbestehe,
damit die Zukunft sich an uns erinnre
voll Dankbarkeit, anstatt uns zu verdammen?
Betrachtet unser Dasein als Verpflichtung
und denkt an sie, die einmal nach uns kommen,
die leben wollen statt zu vegetieren –
denn letztlich leben wir in ihnen weiter ...

Kleine Alltags-philosophie

Epigramme

Im Epigramm wird komprimiert,
was Dichterhirne denken,
vom Lesenden meist sehr goutiert,
weil auch die Kurzform informiert –
den Rest kann man sich schenken!

Waffenkunde

Ironie zählt zu den Waffen,
die – versteckt in Engelsflügeln –
aufgeblasne eitle Affen
auf brillante Art verprügeln!

Paragraphenregelung

Am Ehebett wird etwas klar,
wovon man ungern spricht:
Was *vorher* nur Vergnügen war –
die Ehe macht's zur Pflicht ...

Pisa: Schiefer Turm

An diesem Turm hat sich gezeigt,
daß etwas, das sich heftig neigt,
entgegen statischem Beschluß
partout nicht immer fallen muß ...

Dummheit

Dumme Menschen gleichen Papageien:
Beide lernen mühevoll das Reden,
daß sie später in der Lage seien,
kluge Sprüche Dritter nachzubeten ...

Letzte Konsequenz

Mein arroganter Freund – so klug, belesen,
bemüht, banalen Umgang zu vermeiden,
es heißt auch irgendwann für dich: *Gewesen* ...
Dann wird dich nichts von Andern unterscheiden!

Ansichtssache

Ein rechter Mann, der niemals weint,
ist wider die Natur:
Was Laien da als *stark* erscheint,
das nennen Kenner *stur*!

Sticheleien

Stichelei ist – zugegeben –
von pikantem Reiz im Leben;
sticheln macht die Andern schlechter
und dich selber selbstgerechter!

Verwandtschaft

Die Sippe seiner Qualverwandtschaft
hat man am Hals, kriegt sie frei Haus.
Da lob' ich mir die Wahlverwandtschaft –
die sucht man sich ja selber aus!

Pfiffig

Kluge Köpfe bringen's meistens weit,
klettern stetig aufwärts auf der Leiter.
Doch verachtet nicht die Pfiffigkeit:
Pfiffiküsse bringen's oft noch weiter!

Dünkel

Dünkelhaftes Sichgebaren
ist – man kann es oft erfahren –
nicht die Lebensart der Feinen,
sondern die der geistig Kleinen!

Geist-los?

Der Geist, als solcher wohlbekannt,
ist oftmals nicht so recht imstand,
daß er den Kopf, wo er logiert,
zu großen Taten animiert ...

Zeit und Liebe

Eins soll festgehalten bleiben:
Liebe kann die Zeit vertreiben!
Doch jetzt kommen Seitenhiebe:
Zeit vertreibt auch oft die Liebe ...

Fehler

Fehler sind bedauerlich,
machen uns beklommen.
Aber wär's nicht schauerlich,
wär' der Mensch vollkommen?

Falsche Versprechungen

Wenn dir ein guter Mensch verspricht:
„Ich helfe dir!" und tut es nicht,
dann wird es sicht- und offenbar,
daß er so gut wohl doch nicht war ...

Unterschied

„Wer gerne schläft, der sündigt nicht!“: Punktum –
beliebtes Argument der Immer-Braven.
Die Gegenseite dreht den Spieß herum:
„Wer gerne sündigt, kann nicht auch noch schlafen ...“

Logo!

Frieden müßte jeder wollen,
wenn die Waffen schweigen sollen.
Das heißt zwar: Verzicht auf Siege,
doch dann gäb's auch keine Kriege!

Für und Wider

Der große Baum vor deiner Tür
wird gern dir seine Früchte geben,
nur mußt du halt am Tag dafür
anstatt im Licht im Schatten leben!

Umsicht

Ein Weiser, der im Glashaus sitzt,
wirft nie den ersten Stein –
es sei denn, er ist so gewitzt,
beim zweiten, der als Antwort flitzt,
grad nicht daheim zu sein!

Wolf im Schafspelz

Mit der Verkleidungstaktik wohlvertraut,
braucht er sie unter seinesgleichen nicht,
denn wenn der Wolf in einen Spiegel schaut,
erwartet er bestimmt kein Schafsgesicht!

Reiz des Neuen

Sehr verlockend ist der Reiz des Neuen,
doch ich rate dir, mein Freund: Gemach!
Scharfe Trennungsschnitte soll man scheuen,
denn was Besseres kommt selten nach!

Lebensweisheit

Warum soll der Mensch sich plagen
mit den tausend Lebensfragen,
wenn doch die Erfahrung lehrt:
Wie man's macht – man macht's verkehrt ...

Aufgewärmtes

Ein Menü, für das wir gestern schwärmten,
war Genuß und reinstes Wohlbehagen.
Macht man heute es zum Aufgewärmten,
drückt es manchmal schwer auf Darm und Magen ...

Nothelfer

Wenn du in Not bist, schreist du nach der Hand,
die's dir ermöglicht, aus dem Sumpf zu klettern;
doch selten wie der Klee mit den vier Blättern
zieht sie dich *kostenlos* aufs feste Land!

Gelegenheiten

Ein Sprichwort voller Hintersinn:
Gelegenheit macht Diebe!
Ich bieg' mir's lieber anders hin:
Sie fördert auch die Liebe!

Entschleierung

Es heißt: „Die Sonne bringt es an den Tag" –
vor allem meistens das, was man nicht mag.
Soll ergo deine Sünden man nicht sehn,
versuch' ihr tunlichst aus dem Weg zu gehn!

Utopie

Die Quadratur des Kreises
bleibt Utopie – man weiß es.
Und doch soll's Toren geben,
die trotzdem nach ihr streben!

Schwerpunktverlagerung

So hübsch auch immer, schönes Kind, du bist –
sei dir bewußt, daß Schönheit schnell verblaßt,
und sieh, daß du, noch eh' du reizlos bist,
ein Potential an innren Werten hast!

Qual der Wahl

Zwei Dinge – und die freie Wahl,
für eins sich zu entscheiden:
Schon bohrt im Fleisch der Pfahl der Qual,
für welches von den beiden ...

Raffinesse

Die Schlauen nutzen ihre Findigkeit
sowohl dafür, durchs engste Netz zu huschen,
als auch dazu, die eigne Windigkeit
– geschickt kaschiert – vor Dritten zu vertuschen!

Verbotene Früchte

Fremde Früchte – knackig, deftig –,
nachts in Heimlichkeit genossen,
reuen meist schon morgens heftig:
Magengrimmen macht verdrossen!

Wissensdogma

„Wissen ist Macht – und der Mächtige führt!“ –
hört man und schluckt es, beklommen und stumm.
Andererseits – ad absurdum geführt –:
Mancher, der Macht hat, bleibt lebenslang dumm ...

Der feine Unterschied

Kluge gibt es allerwegen,
die sich ihres Wissens preisen,
und die Welt sieht sie als Segen.
Kennt sie auch die wahren Weisen?

Lob des Genießens

Da predigt eifernd ein Asket,
man müsse sich beschränken,
wenn es um das Genießen geht.
Man sollte ihn ertränken!
Genuß ist Lebensqualität,
die wir uns gönnen sollen:
Ein Lebenskünstler haßt Diät –
der schöpft gern aus dem Vollen!

Große Hunde – kleine Hunde

Häufig sieht man in den Winkeln
große Hunde auf drei Beinen
andachtsvoll die Wand bepinkeln,
heiß beneidet von den kleinen,
die es trotz gezieltem Streben
nicht verstehn, das Bein zu heben ...

In vino veritas

Im Wein liegt Wahrheit, wie es immer heißt,
was sich am Bild des Zechers leicht beweist:
Hat der sein Quantum erst einmal gekippt
– sofern er wirklich trinkt und nicht nur nippt! –,
gibt er beflügelt alles, was er weiß,
an jeden, der ihm zuhört, willig preis,
verrät Intimstes, und so kommt es, daß
der Spötter sagt: „In vino veritas!“

Spaß muß sein

Spaß muß sein! Das wußten schon die Alten,
und auch ich hab’s immer so gehalten,
manches Widrige im Alltagsleben
durch Humor und Späße aufzuheben:
Spaßerprobte meistern viele Krisen,
die Verbiesterten den Tag vermiesen!

Kalenderblätter

Prolog

Zwölf Monate – ein Jahr der Lebensfülle,
Kaleidoskop aus farbigen Kalendern:
Der Mundschenk *Zeit* gießt aus der Kannentülle
ein Potpourri zum langsamen Durchschlendern,
genüßlich und in mundgerechten Dosen,
gespickt mit unterschiedlichsten Preziosen.

Beginnen wird's mit Feuerwerk vom Feinsten.
So mancher Vorsatz macht sich auf die Reise;
doch häufig bleibt es nicht einmal beim kleinsten,
denn – wie gehabt – dreht sich die Welt im Kreise,
und unter neuen Masken pflegt verstohlen
das Altgewohnte sich zu wiederholen.

Wird dies ein Jahr, gewebt aus Licht und Schatten,
aus Wirklichkeiten und geheimen Träumen,
aus Wegestrecken, holprigen und glatten,
mit den Erfahrungen aus Tun und Säumen,
ein Jahr, wie's viele andre vor ihm waren?
Erst wenn's vorüber ist, wird man's erfahren!

Januar

Der Tag ist kurz. Die Nacht ist lang.
Ermattet scheint des Lebens Gang
im Schreiten zu verharren.
Es schneit und schneit. Der Frost ist scharf.
Der Teich friert zu. Ein Weilchen darf
er unterm Eis erstarren.

Es ist so still! Kein Vogel singt
in seinem Baum. Kein Licht durchdringt
das winterliche Dunkel.
Eh' sich der Tag zum Abend neigt,
verging er schon. Der Himmel schweigt
in kaltem Sterngefunkel.

Die Welt trägt stumm ihr weißes Kleid.
Und stumm dreht sich das Rad der Zeit –
als ob wir das nicht wüßten!
Der Tag ist kurz. Die Nacht ist lang.
Und Schnee liegt auf dem Ginsterhang,
wo wir uns sommers küßten –

Winterträume

Ach, daß die Bäume wieder Blätter trügen,
die Sonne endlich die Regentschaft hätt' –
wie gern würd' man sich ihrer Herrschaft fügen
und tanzte mit im Schmetterlingsballett!
Man möchte leichtgeschürzt im Grünen sitzen,
Radieschen und Tomaten wachsen sehn,
aus Nachbars Garten Kirschen sich stibitzen
und irgendwem „Ich liebe dich!" gestehn.
Dann regten sich im Herzen Frühlingsträume,
und sicher würde auch so mancher wahr:
Ach – grünten endlich, endlich Gras und Bäume ...
... doch vor der Tür steht erst der Februar!

D.O.

Februar

Die achtundzwanzig Monatstage fliegen.
Noch immer heult der Nordwind um das Haus,
und Leute, die gern in den Federn liegen
und nicht den rechten Dreh zum Aufstehn kriegen,
die finden morgens ziemlich schwer heraus.

Prinz Karneval beherrscht jetzt den Kalender,
der einen aus der Winterträgheit reißt:
Man hüllt sich in verwegene Gewänder,
bereit, daß man als prassender Verschwender
sein Geld mit leichten Händen um sich schmeißt.

Erwartungsfroh stürzt man sich in den Trubel,
der manchmal recht skurrile Blüten treibt,
wird Räuberbraut, Pirat, Clark-Gable-Double,
und merkt am Morgen, daß von all dem Jubel
nur riesengroßer Katzenjammer bleibt.

Und draußen ist es kalt. Die Blumen träumen
noch unter ihrem Federbett aus Schnee
vom warmen Mai, dem bunten Überschäumen,
von Sonnenlicht und grünen Waldessäumen ...
Die Sehnsucht danach wächst. Das Herz tut weh.

März

Die Tage werden schrittweis' länger
im Einklang mit den Kalendarien.
Schon proben kecke kleine Sänger
beherzt verfrühte Liebesarien.

Aus grauem Himmel rieseln Flöckchen,
die karge Kahlheit zu verdecken;
verstohlen lugen weiße Glöckchen
großäugig aus den Erdverstecken.

Scheint aber einmal für ein Weilchen
die Sonne durch die Wolkenritzen,
entdeckt sie blaue Märzenveilchen
und auch vereinzelt Krokusspitzen.

Der Winter geht – mehr zur Ermahnung –
zwar trotzig manchmal noch spazieren,
doch über allem: Frühlingsahnung!
Ließ je der Lenz sich irritieren?

Als strenger Zeremonienmeister
droht gern der März noch mit der Rute.
Geht's seinem Ende zu, beweist er:
Jetzt ist's ihm fast nach Mai zumute!

April

Voller Schalk, mit Schelmenstreichen
stellt nun der April die Weichen,
und das tut er dergestalt:
Grüßt man morgens froh die Sonne,
enthusiastisch, voller Wonne,
ist's schon abends wieder kalt.

Zaubert er auch hin und wieder
die Magnolien und den Flieder
aus dem Hut wie eh und je,
läßt er's nicht dabei bewenden:
Viele Blütenträume enden
frosterstarrt in frischem Schnee.

Feste Pläne? Dran zu denken,
kann man im April sich schenken:
Gegen ihn kommt keiner an!
Denn zu Kapriolen neigt er;
täglich, immer wieder zeigt er
sich als rechter Scharlatan.

Seine Launen wechseln plötzlich,
sprunghaft ist er, unergötzlich,
wenn er wie ein Zicklein bockt:
Sperrt ihn hinter Schloß und Riegel,
diesen bösen Eulenspiegel,
der die braven Leute schockt!

Frühlingssinfonie

Bezaubernd jung, umkränzt mit Margeriten
– den Winter hat er sorgsam eingesperrt! –,
betritt der Frühling mit graziösen Schritten
das Podium und eröffnet sein Konzert.

Er hebt den Taktstock – und die Knospen springen
erwachend in die helle Gegenwart;
er dirigiert – und alle Vögel singen,
ein jeder den ihm zugedachten Part.

Auf sein Kommando blühen Raps und Flieder,
so pünktlich, wie es eben möglich ist.
Der Rhododendron regt verdutzt die Glieder
und wartet ab als alter Pessimist.

Der Lenz legt los mit Pauken und Trompeten:
Kastanien stecken rosa Kerzen auf,
es sprießt und grünt im Park und auf den Beeten,
und immer setzt er noch ein Glanzlicht drauf.

Schier unerschöpflich zeigt sich sein Tornister.
Fehlt ihm einmal der passende Effekt,
dann zieht er wirklich sämtliche Register –
das Showgeschäft versteht er ja perfekt!

Nach dem grandiosen, sprühenden Finale
mit einer wohlverdienten Ovation
gibt er dem Sommer heiter Startsignale
und trollt sich in die weite Welt davon ...

Wechselbäder

Vergnügt zieht jetzt ein Singen durch die Welt;
aus allen Büschen hört man Vögel locken,
wie frischgewaschen strahlt das Himmelszelt,
die ersten Felder werden schon bestellt,
es leuchten Tulpen, läuten Osterglocken.

Die Gänseblümchen blinzeln aus dem Gras,
vom Teich her hört man nachts die Frösche quaken;
sein Wasser glänzt wie blankpoliertes Glas,
die Enten tummeln sich in Spiel und Spaß.
Die Freude aber hat noch einen Haken:

Mit Riesenschritten kommt er zwar, der Mai,
und niemand wird den Eintritt ihm verwehren;
doch eilen eis'ge Heilige herbei
– genau genommen sind es ihrer drei –,
die mittendrin das Zähneklappern lehren.

Sie bringen Frost und Schnee und manches mehr.
Kaum hat man vom Kalender sie gestrichen,
hinkt lahm die „kalte Sophie" hinterher;
sehr viel verderben kann sie nun nicht mehr.
Dann – endlich! – ist der kurze Spuk gewichen.

Was danach kommt, genießt man sehr bewußt:
Die letzten noch geschloßnen Knospen springen,
nichts spürt man mehr von Kälte, Eis und Frust,
aus allem birst die pure Lebenslust,
und reinste Freude wird den Tag durchdringen!

Mai

Betörend streicheln Maienträume
dir Herz und Sinn mit linden Lüften,
erwachen mit den Blumendüften
und mit dem jungen Laub der Bäume.

Wenn sie pulsierend dich durchdringen,
vergißt du alle Winterschrecken,
weil drängend sie die Sehnsucht wecken
nach lang entbehrten, kleinen Dingen:

Nach Weidenkätzchen, Lämmerwölkchen,
nach Morgentau auf grünen Matten,
nach Sonnenwärme, Waldesschatten,
der kleinen Sänger muntrem Völkchen.

Beschwingt lauschst du den frohen Weisen,
die dich aus deinem Alltag tragen
und dir von neuer Freude sagen,
wenn sie den Wonnemonat preisen!

Mainacht

Die Mainacht hat die Träume aufgeweckt,
wenn langsam letzter Tagesglanz verlischt
und blauer Samt die müde Erde deckt,
bestickt mit Silbersternen, dicht bei dicht.

Lau ist die Luft, süß duftet der Jasmin;
Glühwürmchen tanzen überm feuchten Gras.
Am Himmel zieht ein stiller Mond dahin –
opalen, blaß, wie milchig-weißes Glas.

Die Mainacht singt von Seligkeit und Schmerz,
sie weiß vom Glück und kennt das Traurigsein.
Sie spinnt dir Seidenfäden um dein Herz
und hüllt dich sanft in ihren Zauber ein –

Junizauber

Jetzt ist die Welt ein Melodienreigen,
ein Hohelied vom Wachsen, Blühen, Werden;
es singt und klingt von Flöten und von Geigen –
der allerschönste Kontrapunkt auf Erden!

Jetzt ist die Luft so lind wie Samt und Seide;
die Gärten hüllen sich in Prunkgewänder,
die Bäume tragen schon die Sommerkleider,
und fröhlich segeln weiße Wolkenbänder.

Jetzt wehen lichte Schleier an den Birken,
berückend flechten Düfte sich zum Kranze:
Der Juni spiegelt stolzgeschwellt sein Wirken
und sonnt sich selbstverliebt im eignen Glanze.

Halbzeit

Nun ist der Juni um. Ein weitres Blatt
hab' ich heut' vom Kalender abgezogen.
Der Monat war voll Schönheit, reich und satt,
verlief ganz ohne Sorgen, weich und glatt –
die Tage sind nur so dahingeflogen ...

Die Zeit vergeht; man macht es sich nicht klar
und läßt sich täglich neu von ihr beschenken,
im Glauben, daß dies selbstverständlich war.
Doch: Zwölf Kalenderblätter sind ein Jahr,
und das ist kurz. Gibt dir das nicht zu denken?

D.O.

Sommeridyll

Tiefer Friede allerwegen.
Müde hingeduckte Büsche.
Mittagsstille. Sommersegen.
Wärme, zärtliche Gerüche.

Stunden tropfen – schön wie Perlen,
aufgereiht an seidnem Faden –
durch das Zweiggewirr der Erlen,
die verschlafen sonnenbaden.

Hitze flirrt. Kein Lüftchen regt sich
im Geäst der grauen Riesen;
nur der schmale Bach bewegt sich
munter hüpfend durch die Wiesen.

An den flachen Ufern blühen
Wasserlilien, Tausendschönchen.
Regenbogenfarben sprühen
über flinken Wellenkrönchen.

Ruhe ... Schweigen ... doch nicht lastend;
Schatten unter Silbererlen ...
Zeit, sonst eilig, drängend, hastend,
tropft herab und wird zu Perlen ...

Juligewitter

Ein sommerlicher Tag, von Hitze flirrend;
kein Windhauch kühlt die bleiern-schwere Luft.
Insekten stehen reglos, flügelschwirrend
im schwülen, sonnensüßen Blütenduft.
Die Blätter hängen schlaff herab und schmachten,
das Grün welkt staubig, unansehnlich, grau;
selbst Tiere, die sonst kaum aufs Wetter achten,
verkriechen sich in Höhle, Nest und Bau.

Doch da beginnt das Licht sich zu verdunkeln:
Am Horizont steigt eine graue Wand;
die Luft zerreißt des Wetterleuchtens Funkeln,
und Wolken türmt des Windes wilde Hand.
Erlösend prasselt endlich dann der Regen,
der Donner grollt, die Blitze zucken grell.
Die Erde öffnet gierig sich dem Segen –
zum raschen Bachlauf wird der kleinste Quell.

Und schon ist das Gewitter fortgezogen.
Wo Sonnenstrahl mit Regennaß sich paart,
wölbt sich ein traumhaft schöner Regenbogen,
ein Wunder der Natur, vollendet, zart.
Er spannt sich leuchtend hin zu fernen Ländern,
verbindet, was zuvor sich trennend schied;
hinauf zu seinen siebenfarb'gen Bändern
schwingt sich der Lerche helles Jubellied.

Die gleiche Sonne, die vorhin noch lastend
die Welt beschien mit unbarmherz'ger Glut,
berührt belebend nun und wärmend, tastend
ein Meer von Grün mit goldner Strahlenflut.
Die Sommerwiese duftet sinnberückend,
und wo der bunte Regenbogen stand,
streift eine leichte Brise, kühl, beglückend
mit friedlichem Behagen übers Land ...

August

... und der August hißt flammende Standarten,
wenn er berauscht sein Feuerwerk entfacht:
Er macht die Welt zu einem Zaubergarten
von unerhörter, bunter Farbenpracht.
Das glüht und blüht und wuchert allerorten
ganz ungehemmt, in schönster Vielgestalt,
quillt über Wege, Mauern, Gartenpforten
und macht noch nicht einmal vorm Friedhof Halt.

Der Mais strebt hoch in dichten grünen Saaten;
und draußen vor der Stadt, im freien Land,
stehn Sonnenblumenfelder gleich Soldaten,
den Strahlenkranz der Sonne zugewandt.
Wo kürzlich sich noch gelber Weizen wiegte,
dehnt sich ein Stoppelfeld – der Pracht zum Hohn –,
das die Natur jedoch bereits besiegte:
Dort wachsen wieder Rade, Klee und Mohn.

So manchem Wunder kann man jetzt begegnen:
Der Himmel hat sein schönstes Blau bestellt,
in hellen Nächten läßt er Sterne regnen
und schickt sie als Geschenk herab zur Welt.
Ein voller Mond ist – groß und rund und golden –
zum Dialog mit Glücklichen bereit,
und schwerer duften die Holunderdolden.
Jetzt ist fürwahr der Liebe hohe Zeit!

August – du willst uns allzusehr verwöhnen
mit deinem Reichtum, deiner Üppigkeit,
als möchtest du im Vorhinein verschönen,
was nach dir kommt: die lange dunkle Zeit.
Die Tage werden bald schon früher enden,
in Feld und Flur erlahmt der Lebensschwung;
dann wird der Jahreskreis sich abwärts wenden ...
Von dir bleibt leuchtende Erinnerung!

September

Die Früchte eines Jahres sind gereift:
Aus Gartenbüschen lachen pralle Beeren,
von flinken Händen sorgsam abgestreift,
den Vorrat für die kalte Zeit zu mehren.

Obstbäume biegen unter all der Last
an ihren überladnen, schwachen Zweigen
sich tief zur Erde, und so scheint es fast,
als ob sie sich in Dankbarkeit verneigen.

Und Vogelschwärme proben schon den Flug
in altgewohnt-exakten Formationen;
bald sammeln sie sich für den weiten Zug
in ferne, heiße, sonnige Regionen.

An manchem Abend wagt der Herbst sich vor:
Dann drehn sich drüben überm Wiesenweiher
als anmutsvoller Pantomimenchor
die ersten silbergrauen Nebelschleier.

Man mag's nicht glauben, doch er ist schon nah:
An den Spalieren duften noch die Rosen;
es sind jedoch auch andre Boten da –
auf feuchten Weiden sprießen Herbstzeitlosen ...

Schon wieder Herbst ...

Petrus lugt durchs Himmelstor,
schaut hinab und sinnt: Auf Erden
will es – anders als zuvor –
heuer zeitig herbstlich werden!

Astern blühn zwar immer noch
reich und bunt, in satter Fülle,
Schalenfrüchte drängt's jedoch
schon aus ihrer engen Hülle.

Flüsternd rauscht der Wind und eilt,
Blätterkronen zu durchstreifen;
dort, wo sich das Laubwerk teilt,
sieht er: Die Kastanien reifen.

Grün mischt sich mit Gold und Rot,
bräunlich färben sich die Eichen:
Alles folgt dem Zeitgebot –
fast unmerklich setzt es Zeichen.

Petrus denkt: Die kleine Welt
macht mir's schwer, zu disponieren;
kaum hab' Sommer ich bestellt,
heißt's den Herbst zu programmieren!

Wettermacher war – auf Ehr'! –
ich einmal (und ein sehr guter);
heute schaff' selbst ich's nicht mehr
ohne tüchtigen Computer ...

Oktobersturm

Heißa! – wie die Wäsche flattert,
wie die Wetterfahne knattert,
wenn der rauhe Wind sie packt!
Wie die Fensterläden schlagen,
Essen und Kamine klagen
in genau dem gleichen Takt!

Heißa! – wie die Blätter fliegen,
Äste unterm Sturm sich biegen,
der erbarmungslos sie zaust!
Bäume krachen ächzend nieder,
und der Wind johlt freche Lieder,
wo er durch die Kronen braust.

Doch dazwischen, möcht' ich schwören,
kann man Orgeltöne hören,
und es rauscht mit einemmal
durch das Toben und das Wehren
zu des Schöpfers Preis und Ehren
wie ein festlicher Choral – – –

Intermezzo

Der Herbst stirbt einen leisen Tod
und sinkt in den November.
Bis gestern litt er keine Not:
Er schmückte sich mit Gelb und Rot,
als wär' es noch September.

Der Herbst stirbt hin, hat keine Wahl,
muß sich gefügig zeigen.
Das Laub fällt ab, der Baum wird kahl,
das Land, der Himmel werden fahl,
und alle Vögel schweigen.

Der Herbst hat erst viel Licht gebracht;
jetzt wird es zeitig dunkel,
und kalt ist die Oktobernacht,
die frösteln läßt und traurig macht.
Wo blieb das Sterngefunkel?

Der Herbst hält's irgendwo versteckt
in weiten Himmelsräumen,
von tiefen Wolken ganz bedeckt.
Ein Wind weint, der das Herz erschreckt:
Dies ist nicht Zeit zum Träumen!

Der Herbst trägt schon sein Totenkleid
und scheint's noch nicht zu ahnen.
Nur der November weiß Bescheid:
Hat er nicht Schmerz und Herzeleid
alljährlich einzuplanen?

November

Die Blätter fallen – eine stumme Mahnung;
bald liegt ein Teppich aus verdorrtem Laub.
In Menschenseelen nagt die bange Ahnung:
Wie solch ein Blatt zerfall' auch ich zu Staub ...

Es kommt ein Tag, da wird man nichts mehr brauchen –
sehr klein ist unser allerletztes Haus;
es wird hinab in kühle Erde tauchen,
und keine Tür führt mehr aus ihm hinaus.

Dies letzte Haus ist Zuflucht, Ruhe, Frieden:
Nach Gut und Böse wird dort nicht gefragt.
So wird am Ende doch noch das beschieden,
wonach man lebenslang vergeblich jagt.

Mit welken Blättern – gelben, braunen, roten –
und einem ersten leisen Hauch von Weiß
bedeckt der Herbst die Gräber und die Toten:
Behutsam schließt sich still der Lebenskreis – – –

Winterbeginn

Tote Blätter tanzen, kreisen,
drehn im Wind sich auf den Straßen;
erster Frost legt einen leisen
Rauhreifschimmer auf den Rasen.

Aus verdorrten Rosenhecken
leuchten rötlich Hagebutten;
in des kahlen Parks Verstecken
frösteln selbst die Marmorputten.

Ausgelöscht sind Licht und Farben,
weggeweht ist alles Blühen;
nur des Feuerdornes Garben
sieht man da und dort noch glühen.

Vögel plustern in den Zweigen,
schemenhaft wie Nachtgestalten –
und die Welt, erstarrt in Schweigen,
scheint den Atem anzuhalten.

Bald wird Schnee in weichen Massen
lautlos, schwebend niedergleiten
und auf Wege, Park und Gassen
seinen kühlen Teppich breiten ...

D.O.

Frosteinbruch

Sternenklare Winternacht.
Klirrend sank der Frost hernieder,
hat die Landschaft starr gemacht.
Scharfer Wind blies hin und wieder.
Morgens war der kleine See
spiegelglänzend zugefroren.
Kinder tollen jetzt im Schnee,
rot die Nasen, kalt die Ohren.
Flocken rieseln fein und leis
aus Frau Holles Federbetten,
drehen auf dem blanken Eis
zierlich ihre Pirouetten.
Fröstelig hüpft unterm Dach
ufernaher Buschgestalten
glucksend, aufgeregt der Bach
und versucht, sich wach zu halten.
Übers Holz des Brückenstegs
trabt ein Paar von Apfelschimmeln,
mit dem Schlitten unterwegs;
ihre Silberglöckchen bimmeln.
Sichernd äugt ein Dachs ins Licht,
Hasen schlagen Purzelbäume,
und ein Schwarm von Elstern bricht
aus dem Schutz der Waldessäume.
Selbst der Sonne – matt und bleich –
scheint der Winter zu gefallen,
denn ein glitzernd' Feenreich
zaubert sie aus Schneekristallen.
Eine Welt der weißen Pracht
öffnet strahlend ihre Pforte,
allen zum Geschenk gemacht
als ein Märchen ohne Worte!

D.O.

Dezember

Das Jahr lief schnell. Auf leisen Sohlen,
umarmt von tiefer Müdigkeit,
schleicht's jetzt davon, muß Atem holen
auf seinem Weg zum Schoß der Zeit.

Zum Abschied schenkt es den Dezember,
der kühn die Finsternis durchdringt
und nach dem bleiernen November
sein Licht in jeden Winkel bringt.

Die Lichterflut ist nicht zu hemmen;
sie dehnt sich unaufhaltsam aus,
wird Traumpaläste überschwemmen
wie auch das allerkleinste Haus,

flicht sich ums Rad der Zeitgeschicke,
daß es nicht weiterdrehen will:
Für ein paar kurze Augenblicke
steht selbst der Gang der Stunden still.

Die Botschaft der Dezemberkerzen
will Wärme und Verheißung sein;
sanft pocht sie an erstarrte Herzen.
Wer ließe sie nicht bei sich ein?

Und der Dezember lächelt leise,
so strahlend, wie nur er es kann.
Da fängt auf wundersame Weise
es in der Welt zu leuchten an ...

Jahresausklang: Vorsätze

Das alte Jahr hat seinen Hut genommen;
ein neues schickt sich an zum Weltenlauf.
Mit Glanz und Gloria heißt man's willkommen –
was aus ihm wird, gibt jetzt noch Rätsel auf.

Wie dem auch sei – so wie zu allen Zeiten
fängt man's mit manchem guten Vorsatz an:
Man sei zufrieden, dankbar und bescheiden
und beßre sich, wo immer man nur kann.

Man werde künftig positiver denken,
ein Stündchen täglich laufen mit dem Hund,
der Eheliebsten öfters Blumen schenken,
das Rauchen reduzieren und ... und ... und ...

Ganz ernst gemeint, und dennoch: zu vermessen!
Denn wenn der Alltag unbarmherzig treibt,
ist all das schöne Wollen bald vergessen,
wodurch es halt beim guten Vorsatz bleibt ...

Epilog

Hier endet sie, des Jahres Reise.
Mit Feuerwerk klang eines aus;
der erste Erste liefert leise
ein neues an – und ganz frei Haus.
Auch dieses wird sich wieder drehen,
auch du hältst mit dem Kreislauf Schritt,
mußt fest der Zeit ins Antlitz sehen,
spielst deine kleine Rolle mit.
Wir gehn in unsren Erdenjahren
durch viele Jahreszeiten hin,
um zu begreifen, zu erfahren:
In der Natur hat alles Sinn!
Ein Jahr ist Spiegelbild des Lebens,
ein Lehrstück, wie's kein beßres gibt;
was auch geschieht – nichts ist vergebens:
Wohl dem, der dieses Leben liebt!

Kraut und Rüben

Kraut und Rüben

Ständig huschen mir Gedanken
kunterbunt wie Kraut und Rüben,
wuchernd-wild wie Efeuranken
und in immer neuen Schüben
durch den Sinn ...

Sie zu fangen, festzuhalten
und in Verse einzufügen,
je nach Laune zu gestalten,
macht mir Freude, schenkt Vergnügen
und Gewinn!

Ließ' ich ungezähmt sie schießen,
könnte mich das wohl betrüben:
's würd' in meinem Gärtlein sprießen
zuviel Kraut mit ein paar Rüben
mittendrin.

Wohlgestutzt schlingt leicht und munter
sich zum Kranz der bunte Reigen;
freilich ist auch Unkraut drunter –
warum sollt' ich das verschweigen?
Immerhin ...

Pro und Kontra

Wenn man alles wörtlich nimmt,
was die Logik predigt,
hätte mancher „Fall“ bestimmt
sich von selbst erledigt.
Andrerseits muß man nicht stur
nur nach Logik streben:
Nach der Stimme der Natur
läßt sich's gleichfalls leben!
Denn wo Logik fordernd drückt,
wandre ich sehr häufig
andre Wege, hochbeglückt,
und ganz gegenläufig.
Weder schert noch reut es mich,
mal im Kreis zu traben –
fern der Logik freut es mich,
meinen Spaß zu haben.
Ganz konkret, das räum' ich ein,
soll man Logik pflegen:
Manchmal *muß* man logisch sein –
dann wird sie zum Segen!
Doch die Logik gilt als Zunft
der geschärften Messer:
Vielgeliebte Unvernunft –
du gefällst mir besser!!!

Die „feine“ Gesellschaft

Da stehn sie aufgeputzt herum und schwätzen,
das Sektglas in der manikürten Hand,
und in den höflich hingesagten Sätzen
ist nicht ein einz'ges Wörtchen von Bestand.

Die Damen tragen Topdesignerkleider,
und jedes wird von jeder stumm taxiert,
ob's etwa schicker sei als ihrs, was leider
als Ärgernis mal hier und da passiert.

Die Herrn bemühen sich, nicht aufzufallen
beim Schielen nach dem schönsten Decolleté.
Sie küssen Hände. Schampuskorken knallen.
Der Small-Talk blüht. Es ist wie eh und je.

Zuguterletzt muß man noch Dank bekunden.
Dann steht man endlich draußen in der Nacht
und denkt: Hätt' man doch die verschenkten Stunden
daheim mit einem guten Buch verbracht!

Thesen

Denker gibt es viele auf der Welt:
Täglich werden *Thesen* aufgestellt
und von *Antithesen* widerlegt,
weil sich alles ständig fortbewegt.
Beides wird, fein säuberlich bereinigt,
als *Synthese* wiederum vereinigt
und – von andrem Blickpunkt aus gesehen –
dann als „neue" *These* auferstehen.
Thesen sind nur kurz zu untermauern:
Alles lebt vom Wandel – *Nichts* wird dauern!

Theorie und Praxis

Ließ' der Dezember Gras und Blumen sprießen
und wär' im Mai das Schlittschuhlaufen dran,
dann könnt' man immer grade das genießen,
was man nun grade *nicht* genießen kann.

Hätt' eine Woche mehr als sieben Tage,
wie man das ab und zu wohl brauchen könnt',
erhöben sich bestimmt Protest und Klage,
den Leuten sei das Wochenend mißgönnt.

Und käm' nach diesem noch ein zweites Leben
mit der Gewißheit, daß es besser wird,
würd's trotzdem alle Fehler nochmals geben,
weil man sich auch beim Besserwerden irrt.

Es ist schon richtig, was der Herrgott machte,
als er die Welt erschuf, so wie sie ist,
und in das Durcheinander Ordnung brachte,
was unsereins halt gar zu gern vergißt!

D. O.

Schmetterlinge

Schmetterlinge: zarte Wesen,
wie von Feenhand gemacht –
kostbar, schwerelos, erlesen,
unerreicht an Farbenpracht!
Taumelt durch die lauen Lüfte
und den hellen Tagesschein,
folgt der Spur der Sommerdüfte,
kehrt bei allen Blumen ein,
laßt euch nieder auf den Rosen,
ganz behutsam, ohne Hast,
für ein Nippen, für ein Kosen,
tanzt davon im Sonnenglast.
Zärtlich trägt des Windes Flügel
euch bis hin ins Abendlicht
über Wiesen, Täler, Hügel.
Euer Ziel? Ihr kennt es nicht.
Sanft, verletzlich, ohne Waffen,
seid ihr pure Schönheit nur
und der Welt zum Schmuck erschaffen –
Edelsteine der Natur!

Neugier

Man kennt, belächelt, fürchtet sie wohl auch,
der „lieben“ Menschen selbstzufriedne Mienen,
die hinter einem Spalt in den Gardinen
nach altbewährtem, gern geübtem Brauch
dein Tun und Lassen int'ressiert bespitzeln
und, was du anders machst als sie, bewitzeln.

Laß' sie gewähren! Komm' nicht aus der Ruh',
wenn über deinen nächsten Schritt sie raten,
in der Gerüchteküche dich verbraten –
sie wenden schnell sich etwas Neuem zu,
sobald sie sehn, es ist beim besten Willen
an dir kein Sensationsgelüst zu stillen!

Die große Freiheit

Die große Freiheit (nicht die „Nummer Sieben",
die der Hans Albers einst im Film besang!) –
wo kam sie hin, wo ist sie abgeblieben?
Hat sie der Moloch Zeit bewußt vertrieben?
Wem war ihr Lebensfaden wohl zu lang?

Die große Freiheit hat sich aufgerieben;
einst ging sie auf die Reise um die Welt,
ließ schließlich auf ein Abstellgleis sich schieben
und kam nicht an. Man hat sie abgeschrieben,
denn keiner hatte sie konkret bestellt.

Die große Freiheit – jene, die ich meine –
stößt vielerorts auf stummen Widerstand;
man fürchtet sie und hält sich an die kleine,
und dabei gibt's doch eigentlich nur eine,
und die ist gleich, egal in welchem Land!

Die große Freiheit, die wir *alle* wollen,
von der man als ersehntem Zustand sprach
und die wir mit Respekt behandeln sollen,
ist irgendwo im Nirgendwo verschollen ...
Und wo sie wuchs, da liegt das Land jetzt brach –

Höhere Mathematik

Eine Null bleibt eine Null –
daran gibt es nichts zu rütteln!
Bettler oder Großmogul
mögen noch so sehr sie schütteln:
Stets – enttäuschendes Erlebnis –
kommen Nullen als Ergebnis.

Lukrativer läuft das Spiel,
schreibt man Nullen hinter Zahlen:
Fünf, sechs Nullen nur zuviel
lassen jedes Konto strahlen;
solch ein sattes Plus-Ergebnis
zeitigt ein Erfolgserlebnis!

Streicht man ein paar Nullen fort,
jemand Ärger zu bereiten,
gipfelt solcher Rechensport
manchmal in totalen Pleiten.
Ruinöses Endergebnis:
Alptraum anstatt Glückserlebnis ...

Deshalb: Vorsicht mit der Null,
denn sie hat ihr Eigenleben!
Oft mißbraucht als Füllmodul,
kann sie nehmen oder geben:
Die Plazierung im Ergebnis
macht aus Nullen *das* Erlebnis!

Werbung

Allerorten sieht man sie:
An den Litfaßsäulen,
in der Zeitung, im TV –
ist es nicht zum Heulen?
Werbung, Werbung überall:
Jugend für die Alten,
Pillen gegen Haarausfall,
Salben gegen Falten,
Binden für den Leistenbruch,
Pulver gegen Zecken,
Tropfen gegen Mundgeruch,
Pasten gegen Flecken,
Zaubertrunk, den dritten Lenz
nochmals anzusteuern
und die schwindende Potenz
wieder zu befeuern,
Puder gegen Achselschweiß
und verqualmte Socken,
und zu einem Sonderpreis
dauerhafte Locken,
die Tablette gegen Frust,
Schlank-Saft für die Dicken:
Wer, frag' ich, hat Zeit und Lust,
da noch durchzublicken?
Was der Werbespot verspricht,
mag dem Werber nützen,
doch dem Käufer nützt es nicht –
den gilt es zu schützen!
Und so werd' auch ich nicht mehr
auf die Werbung bauen,
sondern so wie schon bisher
Altbewährtem trauen!

Gedächtnisschwund

Was ein menschliches Gehirn
alles so behalten soll!
Hinter einer Denkerstirn
funktioniert es wundervoll;
doch dem unbedarften Mann,
der es nicht entsprechend schliff,
dem entfällt so dann und wann
mal ein Name, ein Begriff.
Wenn er plötzlich unverhofft
auf Familie Dingsda trifft,
wird die blöde Klippe oft
elegant mit „– äh –" umschifft.
Peinlich wird die Sache meist,
wenn man etwas wissen soll,
aber weiß nicht, wie es heißt.
Und man konstatiert mit Groll,
daß, solang' der Schädel raucht,
man den Baum im Wald nicht sah;
wenn jedoch man's nicht mehr braucht,
ist das Wissen wieder da.
Ja, hier zeigt sich: Kein Verlaß
ist auf diesen Apparat!
Manchmal aber, welch ein Spaß,
schaltet der gewünschte Draht,
und das träge Hirn erbebt,
spurtet in Sekundenfrist,
was den Selbstwert kräftig hebt:
Man ist wieder Optimist!

Die Kellerprobe

Im Keller blubbert der Holunderwein:
Er reift und gärt,
was mir jedoch – ich will ganz ehrlich sein –
zu lange währt.
Drum hab' ich einfach einen langen Schlauch
ins Faß gesteckt;
daran gesaugt hab' ich natürlich auch:
Hat das geschmeckt!!
Doch hinterlistig hat er mich gelähmt,
ich weiß nicht wie;
der Gummibeine hab' ich mich geschämt,
der weichen Knie.
Die Treppe hab' ich schon nicht mehr geschafft
nach so viel Wein;
an ihrem Fuß verließ mich alle Kraft.
Dort schlief ich ein.
Mit dickem Kopf bin ich dann aufgewacht,
in arger Not;
da war es längst schon rabenschwarze Nacht
und ich halbtot.
Nach diesem Streich hast du nun vor mir Ruh',
Holundergeist,
denn ab sofort bist du für mich tabu –
daß du's nur weißt!

D.O.

Schneckenphilosophie

Die Schnecke droht: „Wer mich verkohlt,
muß lange Beine machen:
Hab' ich ihn erst mal eingeholt,
versalz' ich ihm das Lachen!
Mit Volldampf wird er dann gejagt;
ich dünk' mich nicht die Hellste,
doch bin ich – mit Verlaub gesagt –
mit Sicherheit die Schnellste.
Schon weit gereist, kenn' ich das Land
seit meinen Jugendtagen,
zum Beispiel Gras, Asphalt und Sand.
Wer kann das von sich sagen?
Ich hab' ein transportables Haus,
die schönste Kopfantenne,
und doch lacht mich das Kroppzeug aus,
wenn ich vorüberrenne.
Drum red' ich nicht mit niedrem Pack
und pöbelnden Barbaren –"
– ein Auto kam, es machte „knack",
und sie war plattgefahren.

Frühlingsgefühle

Ein Regenwurm durchwühlt den Frühlingsgarten.
Den Winter über schlief er tief im Sand;
nun riecht er Wärme, kann es kaum erwarten,
und fürchtet nicht einmal den Sonnenbrand.
Fast ist er oben, unterm Beet der Quitten,
wo er ermüdet kurze Zeit verweilt:
Ein Spaten saust herab ... hat ihn durchschnitten
und in zwei saubre Hälften unterteilt.
Ganz unbeeindruckt wuseln die nun weiter,
gelangen – je für sich – ans Tageslicht,
der Kopf samt Rumpf zuerst. Der Schwanz wird Zweiter.
Der Kopf beginnt entzückt den Flirt und spricht:
„Mein schönstes Fräulein, darf ich es wohl wagen“ –,
da stellt der Schwanz auch schon den Irrtum klar:
„So blöd kannst nur du Vorderhälfte fragen,
wo ich noch grad dein Hinterende war!“

Heiterkeit

Warum muß ich ernsthaft sein,
wenn ich so viel lieber lache?
Rede mir doch keiner ein,
daß nur Ernst den Menschen mache!
Lebensernst hat hohen Rang,
doch sind heitere Momente,
losgelöst von Pflicht und Zwang,
seine schönste Komponente!

Anatomischer Exkurs

Was ist der Mensch? Ein bißchen Masse
und eine Menge Flüssigkeit,
verpackt in Haut, gefärbt nach Rasse
und örtlicher Gegebenheit.
Darinnen werkelt ein Computer,
der sämtliche Funktionen lenkt;
im Glücksfall ist's ein extraguter,
der sicherstellt, daß man auch *denkt* ...
Die Schaltzentrale, die er steuert,
bewirkt, daß alles funktioniert:
Was müde ist, wird angefeuert,
Defektes auch mal repariert.
Herz, Lunge, Nieren, Leber, Galle
samt allem, was dazugehört,
sind ganz exakt in jedem Falle
getrimmt, daß keins das andre stört.
Ein Heer von Knochen, Muskeln, Sehnen,
das minutiös zusammenspielt,
muß brav sich strecken, beugen, dehnen,
wie der Computer es befiehlt.
Dazwischen Adern, Venenstränge –
ein Pumpsystem, das ständig schafft
in unentwirrbarem Gedränge
mit ein paar Litern Lebenssaft. –
Dies komplizierte Innenleben
läuft ab in schönster Präzision,
und was ich hier beschrieb soeben,
ist er, *der Mensch* ... Das wär's dann schon!
Halt! – daß ich eines nicht verhehle –
ich hätte es doch fast verschwitzt:
Da gibt es auch noch eine Seele,
nur – niemand weiß, wo diese sitzt.

Es hat sie keiner je gesehen,
soviel man auch herumseziert,
das muß man schamhaft eingestehen;
man ahnt nur, daß sie existiert.
Der äußre Corpus – leicht verderblich,
wenn der Computer nicht mehr kann;
die Seele aber ist unsterblich!
Zumindest glaubt man fest daran ...

Der Hypochonder

Grau umflort zerbröseln trüb die Tage;
rastlos schweift der Blick vom Bett zum Schrank.
Meine Diagnose: Ohne Frage
bin ich ganz abscheulich grippekrank!

Sicher ist mein Kreuz schon durchgelegen;
jedes kleinste Knöchelchen tut weh.
Kann ich jemals wieder mich bewegen,
wenn ich sitze, liege oder steh'?

Dicklich zeigt sich weiß bepelzt die Zunge,
und die Mandeln schwellen mir im Hals;
legt sich das vielleicht gar auf die Lunge?
Werde ich zum Krüppel – bestenfalls?

Manchmal dringt ein Hauch von Sonnenschimmer
– und mit ihm ein schwacher Hoffnungsschein –
durchs verhangne Fenster in mein Zimmer;
da ist's gar nicht leicht, so krank zu sein!

Eines Tages wird es „aufstehn!" heißen,
doch das zieht sich wohl noch lange hin;
dann versuch' ich, Bäume auszureißen!
(... falls ich nicht schon längst gestorben bin ...)

Neidhammel

Da ist ein Tier, das in uns wohnt
und ständig an uns frißt;
kaum einer bleibt von ihm verschont,
weil's ewig hungrig ist.

Das Tier heißt Mißgunst oder Neid,
ist nirgendwo beliebt;
sein scheeler Blick weiß schnell Bescheid,
wo man ihm Nahrung gibt.

Den kleinen Geist hält es auf Trab,
sein Wirken ist gemein –
drum würgt man es am besten ab
und lernt zufrieden sein!

Wellenspiel

Eine Welle läuft ans Land,
eine graue Zeile,
und verebbt am flachen Strand –
sanft und ohne Eile.
Auf dem Meer im Sturmgebraus
gischtumtost entstanden,
rollt sie hier nun langsam aus,
flüsternd zu versanden,
schleicht, schon kraftlos, an ihr Ziel
mit der letzten Regung.
Welle folgt auf Welle: Spiel
ewiger Bewegung – – –

Geist und Genius

Viele mühen sich um Wissen
voller Fleiß und Akribie,
immer wach und lernbeflissen.
Sind sie deshalb schon „Genie“?

Echtes Neuland zu betreten,
setzt ja erst den Funken frei:
Angelerntes nachzubeten
weiß doch selbst ein Papagei!

Geist und Genius einzustufen,
hat schon manchen Kopf zerquält:
Viele fühlen sich berufen –,
wenige sind auserwählt!

Liebesland

Nie wirst du wissen, wie die Liebe ist,
wenn du dich weigerst, blind an sie zu glauben,
weil du der vorgefaßten Meinung bist,
sie könne dir dein Eigenleben rauben.
Nimm doch entgegen, was sie dir verheißt –
sie ist das herrlichste Geschenk von allen:
Wenn sie dich jäh in ihren Strudel reißt,
dann laß' dich einfach voll Vertrauen fallen!
In ein betörend schönes, warmes Meer
von ungeahnter Tiefe wirst du sinken,
vergißt die kalte Welt rings um dich her
und lernst das Glück aus reiner Quelle trinken – – –

Unendlichkeit

Wunderbare Welt der Sterne
in der blauen Himmelsferne:
Klein bin ich, wie ich hier stehe,
euch so hoch dort droben sehe
und mich frage: Welches Leben
mag's in euren Sphären geben?

Menschen wollen euch erforschen.
Wenn sie in das Weltall horchen,
stoßen sie an ihre Grenzen,
denn von fremden Existenzen,
mit den unsren zu vergleichen,
gibt es weder Spur noch Zeichen.

Und so wird man weiter träumen
von den stillen Himmelsräumen,
von Unendlichkeit und Ferne,
vom Geheimnis heller Sterne,
von verschlossenen Regionen
und von Wesen, die dort wohnen – –

D. O.

Feldblumenstrauß

Ich hab' euch heut' im Feld gepflückt
– so im Vorübergehen –,
und seh' bedauernd und entzückt
euch jetzt im Zimmer stehen.
Bedauernd – weil so ganz bewußt
ich die Natur beraubte,
als ich aus reiner Schönheitslust
euch mir zusammenklaubte.
Entzückt – weil euer bunter Reiz
mein Heim so sehr verschönte,
daß mit dem Frevel andrerseits
mich's insgeheim versöhnte.
Da prunkt ihr: Gräser, Akelei,
Vergißmeinnicht, Luzerne;
auch Glockenblumen sind dabei
und Margeritensterne.
Ich wüßte keinen Strauß der Welt,
der euch vergleichbar wäre,
der Lieblichkeit vom freien Feld –
Kornrade, Mohn und Ähre!

Zorniger Herbst

Herbstliche Tage — doch nicht wie die andern,
farbig und duftend, von Leuchten erhellt:
Jagende Wolken bedrücken und wandern
schwarz wie ein drohendes Heer um die Welt.
Stürmt doch, ihr Winde, aus Norden und Osten,
reißt die verdorrenden Blätter vom Baum,
heult um die Türme und pfeift um die Pfosten,
peitscht auf den Meeren die Wellen zu Schaum!
Tobt euch nur müde und legt euch dann nieder,
öffnet dem Winterweiß Türe und Tor –
irgendwann bricht aus der Finsternis wieder
strahlend und siegreich die Sonne hervor!

Höhen und Tiefen

Ich bin so manchen schweren Weg gegangen
und hab' mich gegen manchen Schlag gewehrt,
doch habe ich auch sehr viel Glück empfangen,
und viele Freuden wurden mir beschert.

Das zeigt: Es gleicht sich alles aus im Leben
und balanciert in feinem Gleichgewicht.
Laß' auf den Weg dir, Freund, als Tröstung geben:
Wo Schatten droht, strahlt immer auch das Licht!

Menetekel

Die Erde treibt dem Untergang entgegen:
Es häufen sich die Zeichen allerwegen,
wenn sich die Katastrophen ständig mehren,
das Land, das Meer verseuchen und verheeren,
wenn schlafende Vulkane neu erwachen,
ihr Umfeld zu erstarrter Öde machen,
wenn überall Vernichtungswaffen drohen,
in Städten und in Dörfern Flammen lohen,
und wenn der Mensch trotz seiner Möglichkeiten
es nicht versteht, hier ordnend einzuschreiten.
Das Chaos droht in unheilvollen Tagen,
ein Unglück scheint das andere zu jagen;
man heult und zetert, trifft es einen Großen.
Doch wer betrauert all die Namenlosen?

Heimkehr

Blühende Gärten in früheren Jahren,
Raden und Wicken am Rain –
wo einst die Freuden der Kinderzeit waren,
wuchs eine Wüste aus Stein.

Zu den vertrauten, verschwiegenen Plätzen
zog es mich jetzt wieder her;
fassungslos fand ich, erstarrt vor Entsetzen,
nun dieses steinerne Meer:

Häuser, Fabriken, gen Himmel geschossen;
alles, was schön war, verbannt;
ein Paradies – nun für immer verschlossen:
Ich hab' es nicht mehr erkannt.

Manchmal noch träum' ich von Wiesen und Gärten,
kindlichen Spielen im Grün,
Farben und Düften und Vogelkonzerten,
Blumen, die längst nicht mehr blühn.

Wo sind die Gärten der Kindheit geblieben?
Achtlos zertreten, zerstört ...
Schützt, was noch grünt, doch für die, die wir lieben,
denen die Zukunft gehört!

Sache des Blickwinkels

Wenn man von oben auf sein Städtchen schaut,
im Fluge sich am Himmel fortbewegend,
wirkt alles fremd und trotzdem auch vertraut;
und immer wieder ist das Spiel erregend,
bis man – hoch über seiner eignen Stadt –
ein ganz bestimmtes Ziel gefunden hat.

Doch da entdeckt man auch die Diskrepanz:
Was drunten imposant erscheint und wichtig,
entpuppt sich aus entsprechender Distanz
als Bagatelle, eingeschrumpft und nichtig,
woraus mit Fug und Recht man folgern kann:
Auf den Betrachtungsstandort kommt es an!

Kurzinformation

„Mir geht es gut“ – das kann ich allen sagen,
die höflich mich nach dem Befinden fragen.
Ich freu’ mich jeden Tag aus gutem Grund,
denn meistens fühle ich mich kerngesund:
Das Herz schägt ruhig, still hält auch die Galle,
ich schlaf’ sofort, wenn müd ins Bett ich falle,
nur selten bin ich mal erkältungskrank,
und alle Tassen hab’ ich noch im Schrank.
Die Brille brauch’ bis jetzt ich nur zum Lesen,
bin immer eine Frohnatur gewesen,
der Kreislauf zeigt sich willig und stabil,
ich esse gern – doch leider auch zuviel! –,
kann alles noch mit eignen Zähnen beißen
und meinen Haushalt ganz alleine schmeißen;
zu klagen hab’ ich nichts – wie wohl das tut!
Drum sag’ ich jedem gern: „Mir geht es gut!“

Altersaspekte

Wenn ich vor dem Spiegel steh'
und mit der, die ich drin seh',
stumme Zwiesprach' halt',
denke ich: Mein liebes Kind,
nimm die Dinge, wie sie sind –
langsam wirst du alt!

Stört's mich? Nein, das tut es nicht,
denn mein Seelengleichgewicht
ist noch sehr intakt:
Altern ohne Streß und Frust
ist für den die reinste Lust,
der die Kurve packt!

Was in manchem jungen Jahr
als Tabu verboten war,
ist ab jetzt erlaubt;
keiner regt sich drüber auf,
und drum ist der Spätverlauf
schöner, als man glaubt.

Kurz – mit einem Wort gesagt:
Man tut das, was wohlbehagt,
fühlt sich völlig frei.
Was man alles so genießt,
wenn die Narrenfreiheit sprießt,
siehe Strophe drei!

Amore forever ...

Vor mir ging ein sehr verliebtes Paar,
fest im Clinch – na eben: engumschlungen;
wer nun *Er*, wer *Sie* von beiden war,
das zu klären, ist mir nicht gelungen.
Beide trugen Jeans: verwaschnes Blau,
ausgefranster Rand, bewußt zerrissen,
Jacken drüber, einstmals vielleicht grau,
abgetragen, speckig und verschlissen.
Beider Haare, ungepflegt und lang,
hingen strähnig auf die Schultern nieder,
doch beschwingt war der Verliebten Gang,
und sie küßten sich auch hin und wieder.

Manches ging mir da so durch den Sinn,
als ich – beiden an den Fersen klebend –
hinter ihnen hergezogen bin,
und das Resümee war recht erhebend:
Was die Beiden tun, fand immer statt,
ganz egal, in welcher Art Klamotten,
ob zur Zeit von Evas Feigenblatt,
ob im Lendenschurz der Hottentotten,
ob im Petticoat der Nachkriegszeit,
ob in Jeans, die fast von selber stehen –
ist man jung, ist Amor selten weit,
und wer könnte dessen Pfeil entgehen!?!

D.O.

Schwere Zeiten

Wenn's Winter wird, beginnt die Zeit der Plagen.
Speziell dem Federvieh ist er ein Graus:
Den Weihnachtsgänsen geht es an den Kragen,
die Hennen, die sich nicht ins Kalte wagen,
krakeelen aus Protest im Hühnerhaus.

Längst sind die Wandervögel fortgeflogen,
die Schwäne in ein Trockendock gebracht,
die Enten in die Städte umgezogen.
In Läden werden Puten ausgewogen,
Pasteten aus Fasanenbrust gemacht.

Vorm Fenster balgen sich die feinen Meisen
mit Spatzen von der rüden Fakultät,
die sich um kerngespickte Knödel beißen.
Fünf Krähen, die am grauen Himmel kreisen,
beklagen mißvergnügt die Zwangsdiät.

Doch glaubt's, ihr Vögel, daß das Blatt sich wendet:
Noch jeder Winter ging einmal vorbei,
sobald die Sonne erste Wärme spendet.
Und wer von euch nicht grad im Kochtopf endet,
erlebt dann einen neuen Liebesmai!

Großmutters Geheimtip

Merk' dir: Einen schönen Mann
hast du nie allein,
weil er's halt nicht schaffen kann,
einer treu zu sein!
Schönheit braucht das Rampenlicht,
ständigen Applaus;
pick' dir, Mädchen, deshalb nicht
einen Beau heraus!
Such' dir einen, der gescheit,
tüchtig ist und klug:
Der hat nie zum Flirten Zeit –
dem bist *du* genug!

Märchenstunde

Als ich klein war, hob die Großmama
mich am Abend oft auf ihren Schoß;
mäuschenstill und selig saß ich da,
lauschte – vor Entzücken atemlos –,
wenn sie alte Märchen mir erzählte
und bedächtig ihre Worte wählte.

Ihre Brille glänzte, wenn sie las,
wie Dornröschen hundert Jahre schlief,
wie der Wolf die sieben Geißlein fraß,
Aschenbrödel nach den Tauben rief:
Zauberfäden, die im Raume schweben,
konnte sie mit ihren Worten weben ...

Lange, lange Zeit ist das jetzt her;
Großmama ruht längst im kühlen Grab.
Doch von Jahr zu Jahr begreif' ich mehr,
was sie mir, dem Kind von damals, gab:
Unvergessne, wunderbare Stunden,
in die Welt der Märchen eingebunden!

Mütterlicher Rat

Die Liebe, Kind, die ist kein Kleid,
das man an einen Haken hängt,
wenn schon das erste bißchen Leid
dich bang in eine Ecke drängt!

Die Liebe, Kind, ist eine Haut,
die dich vor vielem Bösen schützt,
die dich umschließt, der man vertraut,
und deren Kraft der Seele nützt.

Die Liebe, Kind, ist eine Macht,
gewaltiger als Sturm und Wind,
und als Geschenk für die erdacht,
die stark und frohen Herzens sind!

Die Farben der Liebe

Die Liebe hat viele, verschiedene Farben:
Vom sanftesten Grün und verträumtesten Blau
zur sengenden Rotglut von feurigen Garben,
bis hin zum elegisch verdämmernden Grau.
Sie schmiegt sich als Schleier in leuchtenden Tönen
von schillernder, atemberaubender Pracht
um Leben und Träume: Symbolik des Schönen –
beglückend am Tag und berauschend bei Nacht!

D.O.

An einem Kinderbett

Mein müder Liebling: Ruhig sei dein Schlaf,
behütet seien deine Kinderträume!
Im Arm dein weiches, weißes Wolleschaf,
schleichst du dich von mir fort in fremde Räume,
in die ich dich, geliebter kleiner Mann,
trotz allen Wollens nicht begleiten kann.

Was du wohl träumst? Ich wüßt' es gar zu gern!
Denn während wir im Wachen alles teilen,
bist du im Schlaf auf einem andren Stern,
kannst mir in eine ferne Welt enteilen,
zu der – fast so wie zur verbotnen Stadt –,
wer erst erwachsen, keinen Zutritt hat.

Ich sitz' an deinem Bett, halt' deine Hand.
Jetzt regst du dich; ich seh' dich leise lachen
in deinem schönen Kinderträumeland ...
Mein ganzes Leben möcht' ich bei dir wachen
und kann dich doch in deinen spätren Jahren
nicht vor dem Leid der falschen Welt bewahren –

Flohmarkt

Der Flohmarkt ist ein Ort der Offenbarung
für den, der ihn nicht ahnungslos durchirrt.
Durchstreift man ihn mit Witz, Geschick, Erfahrung,
ist's schon mal möglich, daß man fündig wird.

Als Sammelplatz der mannigfachen Wunder
hat er seit je die Menschen fasziniert:
Er bietet Nobles zwischen Kitsch und Plunder
und Nützliches, was Haus und Garten ziert.

Man trifft auf altersschwache Bilderrahmen
und Schnurrbartbinden aus der Kaiserzeit,
auf Schnürkorsetts von längst verstorbnen Damen
und auf Lektüre für die Zweisamkeit.

Vielleicht entdeckt man Murmeln für den Enkel,
'ne alte Pfeife, wie sie Opa mag,
und Meißner Kaffeetassen ohne Henkel –
die schenkt man Muttern dann zum Muttertag.

Wie herrlich läßt es sich im Trödel wühlen!
Selbst wenn man einmal nichts gefunden hat,
trollt man sich heim mit glücklichen Gefühlen:
Bald findet ja der nächste Flohmarkt statt!

Das alte Karussell

Gemächlich dreht es sich im Kreise,
das altersschwache Karussell.
Ins Nirgendwo geht seine Reise;
die Orgel dudelt ihre Weise,
nicht ganz im Takt, verstimmt, zu grell.

Die Pferdchen und die kleinen Wagen
aus morschem, buntlackiertem Holz,
sie wüßten sicher viel zu sagen
vom Glanz aus ihren großen Tagen,
von Jahrmarktsduft und Reiterstolz.

Doch ihre Uhr ist abgelaufen –
nicht nur, weil sie die Zeit zernagt:
Heut' will man Nervenkitzel kaufen,
hat keine Muße zum Verschnaufen.
Das Karussell? – Nicht mehr gefragt!

Man deponiert es in den Räumen
der ausgedienten Meierei.
Dort, vor der Stadt, darf's endlich säumen,
von hellen Kinderaugen träumen,
im ewig gleichen Einerlei ...

Im Schutt der demolierten Hallen
beim eingesunkenen Portal
verstaubt's, verrottet, wird zerfallen,
schon bald vergessen sein von allen,
ein kleines Stück „Es war einmal" – – –

Mini-Mädchen

Da gehn sie hin, den Mann zu provozieren;
keß schwenken sie die Hüften und den Po,
und wenn die Kerls dann lüstern reagieren,
heißt's tief empört: „Ich mein's doch gar nicht so!"

Der Kleidersaum rutscht immer mehr nach oben,
Dezenz zu zeigen gilt als antiquiert.
Muß man nicht eigentlich die Männer loben,
daß da so selten Schlimmeres passiert?

Erfreulich anzusehn sind – zugegeben! –
ein knackiger Derrière, ein hübsches Knie;
ob's ratsam ist, dies so hervorzuheben,
das weiß man in der Regel vorher nie!

Greift drum mal einer eine – sozusagen
als Lieferung frei Haus und unverzollt –,
hilft's ihr nur wenig, hinterher zu klagen:
Vielleicht war der Effekt sogar gewollt ...

Ja, Mini-Mädchen leben recht gefährlich,
doch leider Gottes sehn sie das nicht so;
wo Eitles blüht, da sprießt Erkenntnis spärlich –
wer provoziert, trägt auch das Risiko!

Männerklage

Die Waffen einer Frau?
Wer könnte die benennen!
Man müßte schon genau
die Weiberpsyche kennen,
die voller Hinterlist
und spleeniger Allüren
darauf versessen ist,
uns Männer zu düpieren!
Stets sind sie sehr geneigt,
sich selber was zu gönnen;
der Mann zahlt drauf – und schweigt ...
Und wie sie lügen können!
Sie finden wieselschlau
mit wohldurchdachter Tücke
im engsten Drahtverhau
auch noch die kleinste Lücke,
durch die mit tausend Tricks
ein Männerherz sie plagen,
um unschuldsvollen Blicks
dann trotzdem „nein" zu sagen!
Es ist schon ein Problem
mit den modernen Frauen,
denn sie sind unbequem
und selten zu durchschauen.
Selbst ein Gemütsathlet
ist dazu kaum imstande –
man kommt, wie man's auch dreht,
mit ihnen nicht zu Rande.
Und doch steht man nicht an,
als Faktum zuzugeben:
Ein echter, rechter Mann
kann ohne sie nicht leben!

D.O.

Verwandlung

Der Winter hat den Herbst verdrängt.
Das Gras gilbt welk und braun;
ein letztes Büschel Rosen hängt
verdorrt am Gartenzaun;
die Wolken ziehen tief und schwer –
sie haben Schnee dabei;
gespenstisch krächzt von ferne her
ein rauher Krähenschrei.
Vorbei die Sommerseligkeit,
vorbei die Blumenpracht,
vorbei der Vögel Sängerstreit:
Jetzt herrscht die lange Nacht,
die dunkel auf die Erde fällt,
wenn sie sich nicht mehr schmückt,
sie eisig-kalt umklammert hält
und Herz und Sinn bedrückt.
Ach – traure nicht dem Sommer nach
mit seinem bunten Blühn:
Zwar liegen jetzt die Felder brach
und du vermißt das Grün,
doch sieh – die Bäume, längst entlaubt,
der Boden, starr und steif,
sind frostig-silbern überstaubt
mit einem Hauch von Reif.
Der erste Schnee ist schon bestellt:
Wenn er die Erde deckt,
wird sie zu einer Märchenwelt,
die keine Nacht mehr schreckt. –
Des Winters Blumen blühen weiß
und schmelzen mit dem Föhn.
Sag' – ist das Glitzern auf dem Eis
nicht gleichfalls wunderschön?

Ungelöste Fragen

Was liegt hinterm Horizont,
wo das Blickfeld endet?
Ist das All dort hell besonnt,
leuchtet, daß es blendet?
Herrscht dort stille Herrlichkeit,
rein, verklärt, beglückend,
oder tiefe Dunkelheit,
drohend und bedrückend?
Unser kleiner Erdenstern
wird das nie erfahren,
denn das All ist erdenfern
seit Milliarden Jahren,
war und bleibt Mysterium –
über Raum und Zeiten
existent und dennoch stumm
bis in Ewigkeiten – – –

Einbahnstraße

Im Alter wiegt die Last der Jahre schwer,
und tiefer schmerzen Krankheit und Gebrechen.
Man trägt nicht mehr die Spannkraft vor sich her,
sich täglich Mut und Hoffnung zuzusprechen.

Voll Bangen schaut man aus nach einer Hand,
bereit, den Müdgewordenen zu führen,
um an dem tristen Lebensstraßenrand
ein wenig echte Herzlichkeit zu spüren.

Gefangen zappelt man im Netz der Zeit;
der Tag bemüht sich, schnell vorbeizurasen,
und war doch früher eine Ewigkeit ...
Aus Wegenetzen werden Einbahnstraßen.

Und man faßt Tritt. Die Richtung kennt man schon.
Man braucht sich nicht mehr länger zu belügen:
Erst Einbahnstraße – und dann Endstation ...
Man lernte längst, sich klaglos einzufügen –

Nur ein wenig ...

Zeigt mir den Menschen, der nichts Böses kennt,
und eine Schöne, die vollkommen ist,
den Klugen, der zu Recht sich weise nennt,
und jenen Reichen, der rein nichts vermißt!

Den wirklich guten Menschen gibt es nicht;
die Schönheit ist nur ein Geschenk auf Zeit;
ein Kluger weiß, woran es ihm gebricht;
der Reiche wird verfolgt von Gier und Neid.

Wenn du von allem nur ein wenig hast,
darfst du zufrieden sein – dann hast du viel,
denn alles *ganz* zu wollen, wird zur Last –
wer *alles* will, spielt ein gewagtes Spiel!

Rechnung

„Alles oder Nichts" zu sagen,
bricht der Dummheit eine Lanze:
Selbst wenn Leute *alles* wagen,
kriegen selten sie das Ganze.
Halt' dich dran, nach kleinen Dingen,
die erreichbar sind, zu greifen!
Kleines kann doch Früchte bringen,
läßt man es ein Weilchen reifen.
Tu' im Zweifel lieber Kleines –
Kleines läßt sich ja addieren!
Ward aus Nichts schon jemals Eines?
Nichts wird niemals sich summieren!

Welt der Phantasie

Ist sie nicht fast ein zweites Leben,
die Traumwelt unsrer Phantasie,
imstande, uns hinauszuheben
aus Alltagslast und Apathie?

Sie blüht und wuchert im Geheimen,
von Dritten gänzlich unbemerkt,
läßt manchen Wunschgedanken keimen,
der uns den schwachen Rücken stärkt.

Doch keinem wird es je gelingen,
sie in das lebenswarme Sein
der Wirklichkeit hineinzuzwingen –
sie ist und bleibt nur schöner Schein!

Die Regenbogenbrücke

Ein Regenbogen wölbt sich hoch empor
in sonngeküßter, neblig-feuchter Luft
als weitgespanntes, siebenfarb'ges Tor
zum Überbrücken einer Erdenkluft.

Sobald vom Himmel, der noch leise weint,
ein erster schwacher Sonnenstrahl sich stiehlt,
erscheint dies Wunder: Pol mit Pol vereint –
ein Band, das leuchtend zwischen beiden spielt.

Der Schwerkraft unverrückbares Gesetz
gilt für die Regenbogenbrücke nicht:
Ganz ohne Pfeiler, Streben oder Netz
schwebt sie ätherisch leicht und frei im Licht.

Und so verbindet sie auf stille Art
für einen Augenblick mit goldner Spur
gewaltlos, schwerelos, ästhetisch, zart
die schroffen Gegensätze der Natur.

D. O.

Nachtgebet

Du hast mich, *Herr*, auf allen meinen Wegen
an deiner unsichtbaren Hand geführt,
gabst meinem Tun und Lassen deinen Segen:
Stets hab' ich deine Gegenwart gespürt.

Dir dank' ich die Zufriedenheit, das Lachen,
dir danke ich die Kraft in Leid und Schmerz,
dank dir gehöre ich nicht zu den Schwachen,
dir dank' ich auch mein frohgemutes Herz.

Zwar kann ich manches Mal dich nicht verstehen:
Warum läßt du die Menschen grausam sein,
warum so vieles Schreckliche geschehen?
Die Antwort darauf weißt nur du allein ...

Ich kann mit dir nicht streiten oder rechten,
obwohl ich oftmals voller Zweifel bin;
du schufst sie ja, die Guten wie die Schlechten,
und darin liegt wohl ein verborgner Sinn.

Halt' mich auch morgen fest in deinen Armen!
Ist eines Tages dann mein Haus bestellt,
so bitte ich: Hüll' mich in dein Erbarmen,
und nimm mich leise fort von dieser Welt – – –

Rückblick

Die heile Welt aus unbeschwerten Tagen?
Man sucht nach ihr und findet sie nicht mehr;
der Wind des Lebens hat sie fortgetragen,
man weiß von ihr nur noch vom Hörensagen:
Sie ist dahin. Und der Verlust wiegt schwer.

Bestand die „heile Welt“ nur aus Fiktionen?
War sie nichts weiter als ein Selbstbetrug?
Hielt man sich fest an vagen Traumvisionen?
Erlag man selbstgeschaffnen Illusionen,
die Zug um Zug der Zahn der Zeit zerschlug?

Mir scheint, es hat sie doch einmal gegeben,
ganz gleich, was späterhin mit ihr geschah:
Da war ein kleines, heiles Stückchen Leben!
Nur daß man, wie’s so geht, es damals eben
durch eine rosarote Brille sah ...

Abendstimmung auf dem Berg

Ist es nicht schön, ganz einsam hier zu stehen,
wenn sacht das Abenddämmern niedersinkt,
ins weite Unterland hinauszusehen,
das noch das letzte Sonnenleuchten trinkt,
bevor es – wie durch Zauber weggewischt –
im Angesicht der nahen Nacht verlischt?

Dann flammen drunten in dem fernen Dunkel
die ersten Lichter auf: Der Abend lebt,
denn immer dichter wird das Lichtgefunkel,
bis es ein filigranes Muster webt,
daß der bestirnte Himmel, wie man meint,
im stillen Talgrund sich zu spiegeln scheint.

Ringsum nur Ruhe – wie gemacht zum Träumen;
nichts als ein Wispern leichtbewegter Luft
in ein paar Büschen, die die Kuppe säumen,
und reiner, herber Wiesengräserduft:
Das sind die Stunden, wo man deutlich spürt,
welch große Macht das Zeitgeschehen führt ...

Zauberworte

Wüßt' ich die Zauberformel mit den Worten
für Glück, Zufriedenheit und Seelenheil,
ich trüg' sie auch zu abgelegnen Orten
und hielte sie auf allen Märkten feil.
Ich würde bis zum Rand des Weltalls laufen
– vielleicht nicht ganz dorthin, doch ungefähr! –,
um irgendeinem sie dort abzukaufen,
wenn sie zu fairem Preis zu haben wär'.
Und suchte alle Welt sie zu erwerben,
zumindest jeder, der die Wirkung kennt,
würd' ich sie gerne kostenlos vererben,
wär' diese Zauberformel existent!

Ende gut – alles gut!

Das Leben – Anfang, Durchlauf, Schluß –
ist selten reiner Hochgenuß,
vielmehr gleicht's einem scharfen Ritt
nach Augenmaß auf Schritt und Tritt;
es hält dich immerzu auf Trab,
wirft dich – den Reiter – manchmal ab,
daß hart du aus dem Sattel fliegst,
wobei du blaue Beulen kriegst.
Doch bist du klug, dann pfeifst du drauf,
sitzt mutig einfach wieder auf,
gibst ihm die Sporen, Blick voran,
und gehst die nächste Hürde an.
Wie weit du auch den Bogen spannst:
Wenn du am Zielpunkt sagen kannst,
das Leben hat dich viel gelehrt,
dann war es *jede* Mühe wert!